U0560218

.

· 慢读吧 ·

东坡乐府

苏轼 著

张春媚 注评

长江出版传媒 ｜ 崇文书局

图书在版编目（CIP）数据

东坡乐府 / （宋）苏轼著；张春媚注评． —— 武汉：
崇文书局，2022.7
　（慢读吧）
　ISBN 978-7-5403-6669-8

Ⅰ．①东… Ⅱ．①苏… ②张… Ⅲ．①宋词—选集
Ⅳ．① I222.844

中国版本图书馆 CIP 数据核字（2022）第 060325 号

责任编辑：程　欣
封面设计：杨　艳
责任校对：董　颖
责任印刷：李佳超

东坡乐府
DONGPO YUEFU

出版发行　长江出版传媒 崇文书局
地　　址：武汉市雄楚大街 268 号 C 座 11 层
电　　话：(027)87677133　邮政编码　430070
印　　刷：湖北新华印务有限公司
开　　本：880mm×1230mm　1/32
印　　张：7
字　　数：150 千
版　　次：2022 年 7 月第 1 版
印　　次：2022 年 7 月第 1 次印刷
定　　价：49.80 元

前　言

苏轼（1037—1101），字子瞻，又字和仲，号东坡居士，世称苏东坡。四川眉山人。苏轼是中国历史上罕见的诗、词、文、书、画皆精的全能型文人。他的散文与欧阳修并称"欧苏"，他的诗与黄庭坚并称"苏黄"，他的词与辛弃疾并称"苏辛"，他的书法名列"苏、黄、米、蔡"北宋四大书法家之一，他的画则开创了湖州画派。千百年来，追随者不分年龄、跨越古今，诵读苏轼的诗文辞赋，临摹他的书法，谈论他的生平逸事，使他成为中国文化史上永不过气的经典偶像。是什么铸就了苏轼独特的人格魅力，让人们对他喜爱至今？这就要从苏轼的生平和思想开始说起。

公元 1037 年，苏轼出生于四川眉山。眉山当地流传着这么一句话："眉山有三苏，草木为之枯。"据说，就在苏轼出生这一年，原本郁郁葱葱的大山，不知为何突然花草凋零、树木枯萎。其实，人们是想借这个传说来寄托自己对苏轼才华的仰慕。今天的三苏祠曾经是苏家的老宅。唐宋八大家中，有三位出自这座老宅，他们就是苏洵、苏轼和苏辙父子三人。

公元 1056 年春天，苏轼平生第一次离开生活近二十年的故乡眉州，他和父亲苏洵、弟弟苏辙一起前往汴京参加科考。苏轼人生当中最大的幸运之一，就是这一年的科考遇上了欧阳修。欧阳修是这场考试的主考官，也是当时北宋的文坛领袖。为了打击当时太学体空虚造作的泛滥文风，欧阳修改变了此次科举考试的评分要求，提倡文章的真实性，用一种自然的笔触表达自己的内心。阅卷时，当欧阳修读到一篇名为《刑赏忠厚之至论》的文章时，惊讶于该文的立论深邃、论据新颖和文风质朴，他拍案叫绝，打算把此文评为第一。然而，他转念一想，能写出如此优秀的文章，必是自己的弟子曾巩无疑，于是为了避嫌，委屈此文评为第二。当拆去试卷糊名时，欧阳修才发现，这篇文章的作者并非自己得意门生曾巩，而是名不见经传的苏轼。苏轼及第后，便拜入欧阳修门下，二人从此结下师生之谊。在众多门生中，苏轼最得恩师之心。欧阳修曾对梅尧臣说："读轼书，不觉汗出，快哉快哉！老夫当避路，放他出一头地也。"并预言，三十年后没有人知道欧阳修，三十年后人们只知道苏子瞻。

苏轼入仕之初的仁宗年间，表面的太平之下，掩盖的是积贫积弱的王朝。神宗皇帝即位后，他任用王安石执行改革，力图自强，这就是熙宁变法。然而新法并没有起到太大的正面效果，朝廷官员以支持变法与否形成两大党派，内耗式的党争愈演愈烈。由于神宗急于想改变困局，皇上的急切、王安石的独断，使得改革的步伐过于快速和激进。这些让苏轼陷入了忧虑。明知是以卵击石，苏轼忍不住还是要发声，写下了《上神宗皇帝书》，就经济、军事以及变法提出了自己的见解。苏轼的劝谏并不能扭转大局，在变法的第三年，欧阳修辞官退隐林泉。不久，司马光也向朝廷递交辞呈，隐居洛阳。而苏轼则请求下派到地方任职。

公元 1071 年 7 月，苏轼来到杭州任通判。在江南的绵绵细雨中，苏轼听到了老百姓的哀怨与痛哭，他只能通过诗文来代替百姓表达其悲愤之情。此后，他先后在密州、徐州、湖州等地任地方长官。在远离朝廷的地方，苏轼实实在在地为百姓造福，他在杭州修水井，在密州捕杀蝗虫，在徐州治水患。他的政绩显著，得到皇帝的嘉奖，这却让朝廷的小人妒火中烧。御史台官员弹劾苏轼在《湖州谢上表》中大放厥词，愚弄朝廷。他们还在苏轼的诗文中罗织罪名，指责苏轼讥讽朝政。于是朝廷发出了逮捕苏轼的命令。苏轼被五花大绑从湖州押送回京城御史台受审。御史台是京城司法机关，因为御史台的大院里广植柏树，树上经常落有乌鸦，故此又称乌台。在审讯中，新党小人一致口径认为苏轼罪大恶极，请神宗皇帝判死苏轼。苏轼也以为此次他必死无疑。然而神宗皇帝还是舍不得处死这位旷世奇才，最后给苏轼做出贬官黄州、本地安置，任团练副使、不得签书公事的判决。这就是苏轼人生中遭遇的第一次重大政治危机，史称"乌台诗案"。

公元 1080 年正月初一，苏轼在漫天风雪中踏上了通往黄州的路途，那时的他满身鲜血、遍体鳞伤。"乌台诗案"让他领略到了政争的残酷和前路茫茫。苏轼不知道等待自己的将会是怎样的命运，他不会想到天高地远的黄州，将成为他人生的转折之地。

11 世纪的黄州是一片荒凉萧索之地，这里虽然地处偏远，但却给了苏轼一个安静和喘息的机会，让他慢慢适应眼前的黑暗，让他思索人生。初到黄州，苏轼一时无处落脚，暂时寄居在定慧院。惊魂未定的他，整天闭门不出。他在给朋友的信中说，自从被贬到黄州，平生亲友，没有人写来一封信，即使我写信给他们，也收不到任何回复。深夜梦醒时分，在彻骨的孤寂中，他写下了一首《卜算子》：

缺月挂疏桐，漏断人初静。谁见幽人独往来，缥缈孤鸿影。　　惊起却回头，有恨无人省。拣尽寒枝不肯栖，寂寞沙洲冷。

在黑暗的夜里，在定慧院的小院里，在梧桐树下仰望星空的时候，苏轼在思索着他的人生问题：我为什么到这里来？我为什么会有这样的遭遇？因此，他开始寻找道家和佛家的智慧。离定慧院不远有一座安国寺，苏轼每天都能清楚地听到安国寺的晨钟暮鼓。于是，他走进了安国寺静坐参禅，对自己的生命有了深刻的观照和反省。面对逆境，他变得更加坦然和淡定，试着去适应和吸收逆境，而不是让逆境吞噬自己，因为拥有了完整的自我，才能够最终面对整个世界。

禅宗思想使苏轼一点点地摆脱了内心的困惑，但生活的困境却向他步步逼近。苏轼被贬黄州，虽然有一官职，但那是没有俸禄的挂名官职。他一家人的衣食住行全靠自己解决。所幸友人马梦得出面请求黄州太守徐君猷，拨划一块地给苏轼维持生计。太守爽快答应，并把黄州城东边一块废弃军营，交给他无偿耕种。这块荒地，苏轼一见倾心。这本是一块无名高地，因它位于城东，苏轼便以"东坡"命名，而自己也叫"东坡居士"。从此，苏轼开始了自己的农民生涯。这片荒芜的布满荆棘瓦砾的坡地，在苏轼的辛勤开荒耕种之下，最终解决了一家老小的温饱问题。

苏轼被贬谪到黄州，对他而言是人生的重大挫折。但他能够凭借自己的个性，消解其中的苦闷，把这个贬谪的经历当作一个机会，去探索新的抒写自我的方式，成功转变为内心强大而充实的人，成为"苏东坡"。那是不同于以往年轻气盛、锋芒毕露的苏子瞻。此时的苏轼，渐渐远离了忧愤，早年作品中的讽刺与愤怒，漫漫地转化为人性中的宽容和温暖，那是一种能够笑纳一切的达观。天高地远的黄州，将苏轼生命中的悲苦、艰辛、安慰与幸福都推到了极致。苏轼一生中最重要的创作，几乎都是在黄州完成的。黄州成了苏轼的精神地标，而东坡文化又成为黄州文化的标识。公元1084年春天，苏轼收到了调离黄州的一纸诏令，就这样，他离开生活了五年的黄州，从此再也没有机会回来。往后的日子里，每当他遭遇政治迫害痛苦无解时，他都会想起黄州，甚至想逃回黄州，在东坡上重新开始耕种生涯。黄州是苏轼最美好、最温暖的人生记忆，是他梦魂萦绕的精神家园，这里有临皋亭，有东坡，有雪堂，还有热情淳朴的友人，这里给他的记忆太多太多了！

　　离开黄州后，苏轼很快重新回到朝廷，并迅速成为统治集团的核心人物。公元1085年，北宋的政治形势发生了重大的变化。神宗皇帝驾崩，太子赵煦即位，高太后垂帘听政。太后起用旧党保守派司马光重新组阁，苏轼也因此被召回朝廷。在短短的十七个月，他从一个犯官，一路直升到翰林学士知制诰，距离宰相之位只有一步之遥。从表面上看，此次苏轼重新被重用，他的前途将是一片光明。但事实上，回朝廷后，他重新又陷入了一种进退维谷的政治旋涡中。司马光担任宰相后，全盘否定王安石的变法，哪怕是一些行之有效的新法，也要进行废除。而苏轼经过多年的贬谪生活，长期与基层老百姓接触，也看到了变法的一些举措给老百姓带来的好处。于是他在朝中发出不一样的声音，提出一个概念，叫作"较量利害，参用所长"，意思就是实事求是，一些新法对老百姓有好处的，就继续使用，一切原则以是否利于百姓为标准。不追随、不盲从，坚持实事求是，这是苏轼的为政原则。然而这些耿直的言论，再次使他在朝中树敌不少。他很快意识到自己在朝中发了不少不合时宜的言论，也担忧会重蹈"乌台诗案"的覆辙，于是再三请求，离开中央，到地方任职。

公元1089年，苏轼来到杭州出任太守。十八年前，他第一次来杭州任通判，从此便爱上了杭州，把杭州当作自己的第二故乡。此次二次来杭任职，对杭州的热爱愈加浓厚。任职期间，苏轼最有名的政绩就是治理西湖。为了疏浚西湖，他通过各方渠道筹措钱款，空缺的部分则向朝廷申请拨款。在疏浚西湖时，他命人把无处安放的淤泥筑起一道长堤，横跨西湖南北，堤上芙蓉杨柳、小桥亭阁，构成了西湖十景中著名的"苏堤春晓"。他还在西湖中心建造了三座小石塔，围成一个水域，严禁百姓在这个区域种植菱角，这三座小石塔后来也成为西湖美景中的"三潭映月"。这一系列民生工程的完成，给苏轼带来的成就感丝毫不亚于艺术创作，这是苏轼留给世人的另外一种传世经典。

公元1091年，朝廷诏苏轼回朝。他离开杭州前，写下了一首《八声甘州》：

> 有情风、万里卷潮来，无情送潮归。问钱塘江上，西兴浦口，几度斜晖。不用思量今古，俯仰昔人非。谁似东坡老，白首忘机。　记取西湖西畔，正暮山好处，空翠烟霏。算诗人相得，如我与君稀。约他年、东还海道，愿谢公、雅志莫相违。西州路，不应回首，为我沾衣。

苏轼或许已经猜到，在汴京这个权力中心，正有一个巨大的政治旋涡等待着他。但他想不到，此后他的人生将被一路抛到命运的最低谷。这次回朝，他再也无法全身而退。高太后去世后，哲宗亲政，新的党争卷土重来。年少的哲宗，开始疯狂地打击旧党，重用被冷落多年的新党改革派。新法坚定的拥护者章惇当上了宰相。苏轼这个时候，又重新成为新党的打压对象。

苏轼又回到了一种被贬斥、被流放的生存状态。唐宋时期，荒凉偏僻的岭南是被贬官员的流放地。这一次，苏轼被贬的地方是惠州。临行前，他把家中仆人和侍妾一一遣散，唯有朝云，不肯在这忧患之际离开他，坚决随往惠州。有一天，苏轼与朝云在家中闲坐，看窗外落叶萧萧，景色凄迷。苏轼一边饮酒，一边命朝云唱《蝶恋花》：

花褪残红青杏小，燕子飞时，绿水人家绕。枝上柳绵吹又少，天涯何处无芳草！　墙里秋千墙外道，墙外行人，墙里佳人笑。笑渐不闻声渐悄，多情却被无情恼。

朝云唱到"枝上柳绵吹又少，天涯何处无芳草"时已是泪流满面，因为这里面描绘了一种人生不再、美景难长的景象。在惠州居住两年多后，朝云因不适岭南气候染病去世。苏轼把她葬在湖边的山坡上，因为朝云生前诚心礼佛，附近寺院的僧人，在墓边修了一座亭子，取名"六如亭"，亭上镌有苏轼撰写的一副楹联："不合时宜，惟有朝云能识我；独弹古调，每逢暮雨倍思卿。"在朝云走后的日子，苏轼的人生猝不及防地滑向了深渊。来自朝廷的一纸诏书，把他贬到更加荒远的天涯海角——儋州。他意识到，这一次他必定客死天涯。临行前，他一一交代后事，如同永别。

三年后，哲宗驾崩，徽宗即位，大赦天下。苏轼从海南岛渡海北归。年老的苏轼被贬海南，历经劫难，活下来了。但长途跋涉回来，正准备退休养老的时候，他生命的烛光也即将熄灭。苏轼来到了常州，他的人生旅程无法再继续，他病倒了，而且一病不起。年过花甲的人，一路颠簸，走的又是水路，又正值炎夏之际，所有这些不利的因素堆积在一起，使得他身染重疾。建中靖国元年（1101）七月二十八日，苏轼卒于常州。去世前三个月，苏轼途经镇江金山寺，看到李公麟十年前的画作"子瞻像"，无尽感慨涌上心头，写下了一首含悲带泪的《自题金山画像》诗："心似已灰之木，身如不系之舟。问汝平生功业，黄州惠州儋州。"回首一生，苏轼认为最值得夸耀的，不是他高居庙堂的辉煌时期，而是他被贬黄州、惠州、儋州的流离岁月。就苏轼的政治事业而言，这首诗毫无疑问是苏轼的自嘲。但对文学家的苏轼而言，他的盖世功业（不朽作品）确实是在屡遭贬逐的逆境中建立生成的。

是什么原因使得千年来读者对苏轼这位文学巨匠的热度持续不减？是因为苏轼是独一无二的。用林语堂的话来说：苏东坡是不可无一、难能有二的人间绝版。他是散文作家，是新派画家，是诗人，是美食家，是生活的智者。于是，世间的每一个人，都能从苏轼的艺术里，重新感受人生；而苏轼也定然在后人的品读里，一遍又一遍地重新活过。几乎每一个中国人，都会在不同的境遇里与苏轼相遇。之所以在这里详细地介绍苏轼的生平，是希望读者对苏轼有更全面的了解。只有对作者的生活背景和仕宦生涯有所了解，才能更准确地把握作品的真实内涵，才能走进作者的心灵深处。

本书尝鼎一脔，精选东坡乐府112首，并进行题材分类和简短注评，希望有助喜爱东坡词的朋友，品尝这道精神盛宴。

张春媚

清 沈时　烟江叠嶂图卷（局部）

宋王诜所作《烟江叠嶂图》是宋代青绿山水画的代表作。苏轼观此画
后写下了名篇《书王定国藏王晋卿画〈烟江叠嶂图〉》。两人成就了
书画史上一幅珠联璧合的佳作。书和画均被后人多次临写。此《烟江
叠嶂图》乃沈时观友人所藏董其昌书苏诗后所作。

目 录

卷六　写景篇：雨后春容清更丽 / 133

卷七　咏物篇：似花还似非花 / 157

卷一

咏怀篇：人生如梦

沁园春

赴密州，早行，马上寄子由。

孤馆灯青，野店鸡号，旅枕梦残。渐月华收练，晨霜耿耿，云山摛锦，朝露溥溥。世路无穷，劳生有限，似此区区长鲜欢。微吟罢，凭征鞍无语，往事千端。　　当时共客长安，似二陆初来俱少年。有笔头千字，胸中万卷，致君尧舜，此事何难。用舍由时，行藏在我，袖手何妨闲处看。身长健，但优游卒岁，且斗尊前。

密州：州治在今山东诸城。子由：苏轼胞弟苏辙，字子由，时任齐州（州治今山东济南）掌书记。

孤馆灯青：言天亮的时候驿站旅馆的灯光已经变白。

野店鸡号：用晚唐温庭筠《商山早行》诗"鸡声茅店月，人迹板桥霜"句意。

收练：收起光芒。练，白绢，这里喻指皎洁的月光。耿耿：发光的样子，这里形容早晨的白霜被阳光照得闪闪发光。

摛锦：铺开锦缎，形容山峦云雾缭绕。溥溥：露多的样子。

共客长安：指嘉祐初年苏轼与苏辙一同来到汴京参加会试。长安，汉唐朝代都城，在今陕西西安，此处代指北宋都城汴京。二陆：指西晋陆机、陆云兄弟，二人皆有文才，少年时同赴京都洛阳，时人称为"二陆"。

"有笔头"四句：杜甫《奉赠韦左丞丈二十二韵》有"读书破万卷，下笔如有神"诗句，又有"致君尧舜上，再使风俗淳"诗句。意谓兄弟二人皆博学能文，并有与杜甫相近的辅佐君主普济苍生的政治理想。

"用舍"二句：意谓朝廷用我与否由时局而定，抱负施展与否却在我自己。这里流露出词人对当时熙宁变法的不满情绪。用舍：任用与舍弃。行藏：出仕与隐居。

优游卒岁：悠闲地度过一生。且斗尊前：唐代牛僧孺《席上赠刘梦得》："休论世上升沉事，且斗尊前见在身。"

赏析

熙宁七年（1074），苏轼任杭州通判三年期满，改任密州知州。九月，离杭赴任。当时其弟苏辙在济南任职，苏轼原打算绕道前去看望，但没能如愿。十月，他在赴密州途中写下此词寄子由。这首词是苏轼豪放风格的处女作，词中抒发了作者辅佐君王拯济苍生的远大抱负及其不得实现的满腹愤懑，是词坛上最早抒写政治怀抱的作品之一。

词的上片大段写景，由自然引向现实人生，抒身世之感。"世路无穷，劳生有限，似此区区长鲜欢。"人生的路途山高水长，不见终点，连日来起早贪黑疲于奔命，世路那么长，人生却那么短，一生劳顿，终究还是苦多乐少。苏轼终于感悟到，从前孜孜以求的功名事业，其实并不能带来精神上的振奋，反而成了禁锢性情的枷锁，使原本劳碌的人生徒增不少烦恼。词的下片主要是议论。"用舍由时，行藏在我，袖手何妨闲处看。"经历了种种磨难，苏轼认识到，被任用或是被弃置都是取决于时运，但是积极入世还是消极避世是由我自己决定，既然由自己决定，何妨袖手旁观，在一旁落个清闲自在。

晋卿为仆所累，谪

晋卿谪武当，饥寒穷困，本书

生常分，仆雾之不戚、固宜独怪

晋卿以贵公子罗此忧患，而不失其

正，诗词益工，飄逸有世外之乐，此孔

子所谓可与久雾约长雾乐者耶

元祐元年九月八日苏轼书

宋 苏轼 题王诜诗词帖
此帖是苏轼为好友王诜自书诗所作的题跋。记述了王诜因受其累而贬
至武当，然仍醉心于诗词。

江城子

密州出猎

老夫聊发少年狂，左牵黄，右擎苍。锦帽貂裘，千骑卷平冈。为报倾城随太守，亲射虎，看孙郎。　酒酣胸胆尚开张，鬓微霜，又何妨！持节云中，何日遣冯唐？会挽雕弓如满月，西北望，射天狼。

左牵黄，右擎苍：左手牵着黄狗，右臂托起苍鹰，形容围猎时用以追捕猎物的架势。这里暗用《梁书·张充传》记张充出猎时"左手臂鹰，右手牵狗"的典故。

太守：苏轼自指。这句是说为了回报全城百姓都出城来观看的盛意。孙郎：据《三国志·吴书·吴主传》载，孙权曾于建安二十三年亲自射虎，所骑马被虎扑伤，他用双戟投刺，虎才退却。这里作者以孙权自喻。

酒酣胸胆：谓饮酒以后心胸开阔，胆气豪壮。尚开张：指酒劲正浓，充满能量。

持节云中，何日遣冯唐：朝廷何日派遣冯唐去云中郡赦免魏尚的罪呢？典出《史记·冯唐列传》。汉武帝时，魏尚为云中太守，他爱惜士卒，优待军吏。匈奴曾一度来犯，魏尚亲率车骑出击，所杀甚众。后因报功文书上所载杀敌的数字与实际不合（虚报了六个），被削职。经冯唐代为辩白后，认为判得过重，文帝就派冯唐"持节"（带着传达圣旨的符节）去赦免魏尚的罪，让魏尚仍然担任云中郡太守。苏轼此时因政治上处境不好，调密州太守，故以魏尚自许，希望能得到朝廷的信任。持节，指奉有朝廷重大使命。节，兵符，带着传达命令的符节。

天狼：星名，主贪残，在天之西北方。古代用以代指西北凶悍异族，这里指北宋西北边境的辽国和西夏。

赏析

　　熙宁八年（1075）春夏，密州旱蝗相继，苏轼带领僚属到常山神祠祈雨，后果得雨，十月，再往常山祭谢，归途中会猎于铁沟附近，作此词以抒怀。这首词借写打猎习武，抒发渴望为国杀敌立功的壮志豪情，在词的题材、内容和风格上都具有开创性。

　　词的上片首句就显示出豪放的格调，用一个"狂"字贯穿始终。词中写射猎武夫千骑如飞、倾城出动观者如堵的场面，加上孙权射虎的传奇故事，结尾处走马弯弓劲射的特写镜头，多角度多侧面地勾勒出一个鬓染微霜、英气勃勃希望驰骋疆场杀敌报国的英雄形象。词作中对射猎习武的描写以及对渴望抵御外族侵略的忠义之情的抒发，形成了一种粗犷豪迈的风格，与当时笼罩词坛的柳永的词风形成了鲜明的对比。苏轼在《与鲜于子骏书》中说："近却颇作小词，虽无柳七郎风味，亦自是一家。呵呵！数日前猎于郊外，所获颇多。作得一阕，令东州壮士抵掌顿足而歌之，吹笛击鼓以为节，颇壮观也。"表明他是有意创作"自是一家"的豪放词，与柳永那些倚红偎翠的纤艳之调相对抗。

满江红

东武会流杯亭

　　东武南城，新堤固、涟漪初溢。隐隐遍、长林高阜，卧红堆碧。枝上残花吹尽也，与君更向江头觅。问向前、犹有几多春，三之一。　　官里事，何时毕？风雨外，会同他今日凭吊燕子楼一样，发出深长的感慨。黄楼，熙宁十年（1077）彭城大水之后，苏轼改建的东门城楼。

赏析

这首词作于元丰元年（1078），当时苏轼任徐州知州。作者在梦中登上燕子楼，第二天便去寻找此楼，于是写下这首词。全词以唐代张愔和关盼盼的爱情故事为线索，通过对燕子楼的凭吊抒发自己的人生感慨，词中流露出作者一定的虚无主义思想。

词的上片写清幽梦境以及梦醒后的怅然若失之感。下片是词人醒后述怀。"天涯倦客，山中归路，望断故园心眼。"三句写心境，极言思乡心切，带有深沉的身世之感。"燕子楼空，佳人何在，空锁楼中燕"三句，由人亡楼空悟得万物本体的瞬息生灭，然后以空灵超宕出之，直抒感慨：人生之梦未醒，只因欢怨之情未断。"古今如梦，何曾梦觉，但有旧欢新怨"，用庄子"吾特与汝，其梦未始觉者邪"之意，表达从古到今的世事都如一场梦，在这场梦里从来没有人醒过来，只是过去的烦恼和新结的忧愁更替罢了的人生如梦的感慨，表达了作者无法解脱而又想解脱的对整个人生的迷惘和感伤。

满江红

寄鄂州朱使君寿昌

江汉西来，高楼下、葡萄深碧。犹自带、岷峨雪浪，锦江春色。君是南山遗爱守，我为剑外思归客。对此间、风物岂无情，殷勤说。　　《江表传》，君休读。狂处士，真堪惜。空洲对鹦鹉，苇花萧瑟。独笑书生争底事，曹公黄祖俱飘忽。愿使君、还赋谪仙，追黄鹤。

鄂州：宋代州名，属荆湖北路，治所在今湖北武汉。朱使君：朱寿昌，字康叔，时为鄂州知州。使君，汉时对州郡长官之称，后世如唐宋时就相当于太守或刺史。

江汉：长江和汉水。高楼：武昌黄鹤楼。葡萄深碧：意谓大江之水犹如葡萄美酒，显出深绿之色。

岷峨：四川境内岷山山脉北支。锦江：在四川成都南，一称濯锦江，相传其水濯锦，特别鲜丽，故称。

南山遗爱守：朱寿昌曾任陕州通判，故称。南山，即终南山，在陕西。遗爱，指有惠爱之政引起人们怀念。

剑外：四川剑阁以南。唐都长安在剑阁东北，因称剑阁以南为剑外。苏轼家乡四川眉山，故自称剑外来客。

《江表传》：书名，已佚。主要记述三国时江左东吴时事及人物言行，《三国志》裴松之注中多引之。此处代指记录三国历史的书籍。

狂处士：指三国名士祢衡。他有才学而行为狂放，曾触犯曹操，曹操顾忌他才名而未杀，后为江夏太守黄祖所杀。处士，指不出仕之士。

空洲对鹦鹉：鹦鹉洲，在长江中，后与陆地相连，在今湖北省武汉市汉阳区。黄祖长子黄射在洲大会宾客，有人献鹦鹉，祢衡当即作《鹦鹉赋》，故以为洲名。祢衡死后埋于汉阳江边沙洲上，故名。

争底事：争何事。意谓书生祢衡何苦与曹操、黄祖此辈纠缠，以惹祸招灾。

曹公黄祖：指曹操与刘表属将黄祖。飘忽：指时光流逝甚速。

此指死。

谪仙：谪居世间的仙人，形容才行高远。指李白。黄鹤：指崔颢的《黄鹤楼》诗。

赏析

此词为苏轼元丰四年（1081）深秋于黄州作，寄给时任鄂州太守的友人朱寿昌。黄州与鄂州隔江相望，所以苏轼刚到黄州，朱寿昌便与他有了交往，并时常派人给苏轼送去美酒。而朱寿昌也是当时名人，以孝行闻名天下，故二人甚为相得。词的上片描绘长江景色，抒写自己对家乡的思念以及对友人的称赞。下片联系当地的历史遗迹，向友人开怀倾诉、慷慨评说，勉励友人超然于险恶的政治旋涡之外，以开阔胸襟写出不朽的诗文来追蹑前贤；也在对历史人物的悼惜中抒发自己被政敌罗织构陷的悲愤不平，并流露出要致力于文章事业的襟怀志趣。这首词以宏大的气象谈论今古，纵横捭阖，大有蔑视权贵、笑傲王侯之气。读者不难从词中感受到一种苍凉愤慨、郁郁不平的激情，其顿挫跌宕的格调，与苏轼贬谪黄州时候的复杂矛盾的内心世界是一致的。

江城子

陶渊明以正月五日游斜川，临流班坐，顾瞻南阜，爱曾城之独秀，乃作《斜川诗》，至今使人想见其处。元丰壬戌之春，余躬耕于东坡，筑雪堂居之。南挹四望亭之后丘，西控北山之微泉。慨然而叹，此亦斜川之游也。乃作长短句，以江城子歌之。

梦中了了醉中醒。只渊明，是前生。走遍人间，依旧却躬耕。昨夜东坡春雨足，乌鹊喜，报新晴。　　雪堂画畔暗泉鸣。北山倾，小溪横。南望亭丘，孤秀耸曾城。都是斜川当日境，吾老矣，寄余龄。

斜川：古地名，在今江西都昌、星子之间的鄱阳湖畔。

临流班坐：面对流水，按次序就座。南阜：指庐山。曾城：即"层城"，指庐山北部的鄣山。

躬耕于东坡，筑雪堂：苏轼躬耕处，位于黄州城东面，原为数十亩久荒的营地，苏轼在其处筑茅屋五间，因在大雪中修成，故名曰雪堂。

挹：接近，此处为控扼之意。四望亭：又名高寒楼，在黄州城东龙王山高处，与东坡雪堂相去不远。登临此亭，可以周览黄州全城。北山：黄州北面的诸山。微泉：小股的泉水。

梦中了了醉中醒：做梦时很明白，饮醉时很清醒。

只渊明，是前生：意谓陶渊明就是自己的前生。

"南望"二句：写南望四望亭和东坡岗阜，那座四望亭秀美挺拔，屹立在高山之上。

赏析

苏轼一生未离仕途，虽然和陶渊明有所不同，但是贬谪黄州后，在思想感情上确实和陶渊明有相通之处。元丰五年（1082）是苏轼被贬黄州的第二年，他躬耕于东坡，居住于雪堂，感到满意自适，有似晋代诗人陶渊明田园生活一般。陶渊明《游斜川》序云："辛酉正月五日，天气澄和，风物闲美，与二三邻曲，同游斜川。临长流，望曾城，鲂鲤跃鳞于将夕，水鸥乘和以翻飞……

曾城，傍无依接，独秀中皋，遥想灵山，有爱嘉名。"苏轼以为东坡雪堂初春的情景宛如渊明斜川之游，因有此作，抒发自己的人生感慨。这首词上片由对陶渊明的赞美写到自己躬耕东坡，从对比中表现出两人躬耕的相似之处。下片继续写景，由雪堂附近的风光联想到陶渊明笔下斜川。雪堂鸣泉、北山小溪、南山亭台、远处山峰，这景色犹如陶渊明诗中描绘的斜川，一样秀丽，一样

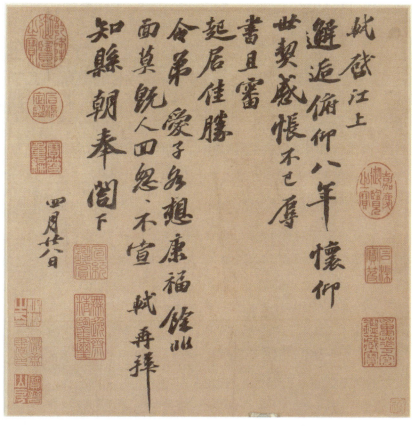

宋　苏轼　江上帖

又称《邂逅帖》，为苏轼行至金陵写给世交杜孟坚的书信。

清新。苏轼写这首词的时候已经四十五岁了，心态颇为复杂，既想着要出仕，施展抱负，又因政治黑暗，想归隐田园。陶渊明四十一岁弃官归田后，就再没有出仕。苏轼景仰陶渊明，只是他终究不是陶渊明，陶渊明坚决辞官，从此归隐田园二十年。而苏轼只是向往，在朝廷格局发生变化时，他都复起应命。

念奴娇

赤壁怀古

　　大江东去，浪淘尽、千古风流人物。故垒西边，人道是、三国周郎赤壁。乱石穿空，惊涛拍岸，卷起千堆雪。江山如画，一时多少豪杰。　　遥想公瑾当年，小乔初嫁了，雄姿英发。羽扇纶巾，谈笑间，樯橹灰飞烟灭。故国神游，多情应笑我，早生华发。人生如梦，一尊还酹江月。

　　赤壁：此指黄州赤壁，一名赤鼻矶、赤壁矶，在今湖北黄冈西。而三国古战场的赤壁，在今湖北赤壁蒲圻。

　　故垒：当年战事后残存的营垒。周郎赤壁：东吴周瑜大破曹操大军的赤壁战场。周瑜，字公瑾，少年得志，二十四岁为中郎将，掌管东吴重兵，吴中皆呼为"周郎"。下文中的"公瑾"，即指周瑜。

　　小乔初嫁了：《三国志·吴志·周瑜传》载，周瑜从孙策攻皖，"得桥公两女，皆国色也。策自纳大桥，瑜纳小桥"。此处言"初嫁"，是言其少年得意，倜傥风流。雄姿英发：谓周瑜体貌不凡，言谈卓绝。

　　羽扇纶巾：这里指古代儒将的便装打扮。羽扇，羽毛制成的扇子。纶巾，青丝制成的头巾。樯橹：这里指代曹操的水军战船。樯，挂帆的桅杆。橹，一种摇船的桨。

故国神游："神游故国"的倒文。故国，这里指旧地，当年的赤壁战场。多情应笑我，早生华发：这句语序应该是"应笑我多情，早生华发"。华发，花白的头发。

赏析

这是一首万人传诵的千古绝唱，是东坡词的巅峰之作，是宋词史上的一座不朽丰碑。词作于元丰五年（1082）七月秋，其时苏轼因"乌台诗案"被贬黄州已两年有余，这时的苏轼已经很成熟，人生的种种磨难，刚好在他被贬黄州期间得以梳理和思考。这首词直抒胸臆，是关于雄心壮志的倾诉、关于成败皆空的感叹。

词的上片，着重写景，带出了对古人的怀念。开篇从滚滚东流的长江着笔，把读者带入千古兴亡的历史氛围之中。当年的战阵森严、马嘶弓鸣都化为一片虚无；横槊赋诗的曹操、雄姿英发的周瑜也都荡然无存。只有这江、这月、这木、这石，千年不易。词的下片紧随上文，集中笔墨塑造周瑜这位儒将的英雄形象：遥想周瑜当年在此地破曹，他体态雄伟、风姿超群，手持羽扇、头系青丝巾，谈笑论战间，曹军的几十万水军顷刻间就被大火烧得灰飞烟灭。一场轰轰烈烈的战争，作者寥寥数笔便跃然纸上。词中"大江东去，浪淘尽、千古风流人物""多情应笑我，早生华发""人生如梦"数句，抒写了作者仕途坎坷、屡遭磨难、壮志难酬的愤懑不平，也表达了作者对宇宙、历史、人生的深沉思考，更显示出作者善于以超然旷达的态度消解历史的悲剧意识与人生失意的忧伤。

南乡子

重九涵辉楼呈徐君猷

霜降水痕收，浅碧鳞鳞露远洲。酒力渐消风力软，飕飕。破帽多情却恋头。　　佳节若为酬，但把清尊断送秋。万事到头都是梦，休休。明日黄花蝶也愁。

涵辉楼：即黄州栖霞楼，在湖北黄冈南，为当地名胜。

霜降水痕收：意谓秋后水位下降。

恋头：言帽子没有被风吹去。《晋书·孟嘉传》载，孟嘉于九月九日登龙山时帽子为风吹落而不觉，后成重阳登高典故。此词反用其事以自嘲。

若为酬：如何酬谢。

"但把"句：意谓只能开怀畅饮过此中秋。清尊：美酒。断送：度过。

休休：宋元俗语，意谓算了吧。

明日黄花：唐郑谷《十日菊词》："节去蜂愁蝶不知，晓庭还绕折残枝。"此词更进一层，谓重阳节后菊花凋萎，蜂蝶均愁。此句以蝶愁喻良辰易逝，好花难久，正因为如此，此时对此盛开之菊，更应开怀畅饮，尽情赏玩。

赏析

此词是元丰五年（1082）重阳日在黄州栖霞楼苏轼与友人徐君猷宴会赏菊而作。宴席间苏轼见徐君猷面有愁容，这样的情绪也波及了词人自己，写下这首词劝慰友人，表达了与友人相同的感伤。此词借伤秋的传统题材，抒写政治失意的苦闷和以旷达乐观的襟怀寻求解脱的复杂思想感情。词的上片写楼中远眺情景。

首二句"霜降水痕收，浅碧鳞鳞露远洲"，描绘大江两岸晴秋景象，勾勒出天高气清、明丽壮阔的秋景。后三句"酒力渐消风力软，飕飕。破帽多情却恋头"写酒后感受，翻用落帽之事，极疏狂之趣。下片就涵辉楼上宴席，抒发感慨，既发出"万事到头都是梦"的人生感慨，却又要以酒送秋，聊且忘忧。在苏轼看来，世间万

宋 佚名　赤壁图

事，皆是梦境，转眼成空；荣辱得失、富贵贫贱，都是过眼云烟；世事的纷纷扰扰，不必耿耿于怀。如果命运不允许自己有为，就饮酒作乐，终老余生；如有机会一展抱负，就努力为之。这种进取与退隐、积极与消极的矛盾双重心理，在词中得到了集中体现。

满庭芳

蜗角虚名，蝇头微利，算来着甚干忙。事皆前定，谁弱又谁强。且趁闲身未老，尽放我、些子疏狂。百年里，浑教是醉，三万六千场。　　思量，能几许，忧愁风雨，一半相妨。又何须抵死，说短论长。幸对清风皓月，苔茵展、云幕高张。江南好，千钟美酒，一曲《满庭芳》。

蜗角虚名：微不足道的虚名。蜗角，蜗牛角，比喻极其微小。

着甚：为了什么。干忙：空劳、瞎忙。

些子：一点儿。疏狂：疏懒狂放。

"百年里"三句：意思是一年三百六十多天，就算活一百年，也不过三万六千场大醉而已。浑教：整个都是。

忧愁风雨，一半相妨：意谓一生当中，忧愁和风雨有一半时间相侵而令人感到不舒服。

抵死：竭力。

苔茵：如褥的草地。云幕：如幕之云。

赏析

这首词大约作于元丰五年（1082），苏轼被贬谪到黄州的第二年。在经历了"乌台诗案"的巨大打击后，作者对仕途险恶有了更清楚的认识，对功名利禄看得更淡泊。这期间作者写的前、后《赤壁赋》等作品，都反映了他相同的人生态度。开篇"蜗角虚名，蝇头微利"二句，一语道破了他对人生功名利禄的看法，作者看破了追名逐利的虚幻和蝇营狗苟的猥琐庸俗，也认识到得失荣辱、祸福生死自有因缘，不可力求，也无须说短道长。人应当超越这些物质与精神的束缚，可借醉酒来消解忧愁，最好是席地幕天，身心与大自然融为一体，这样才能获得心灵的自由解放。全篇援情入理，直抒胸臆，既充满饱经沧桑、愤世嫉俗的沉重哀伤，又洋溢着对于精神解脱和圣洁理想的追求与向往。

临江仙

夜归临皋

夜饮东坡醒复醉，归来仿佛三更。家童鼻息已雷鸣。敲门都不应，倚杖听江声。　　长恨此身非我有，何时忘却营营。夜阑风静縠纹平。小舟从此逝，江海寄余生。

临皋：在黄州南江边，苏轼曾经寓居于此。

东坡：在黄州城东南，苏轼谪贬黄州时，友人马正卿助其垦辟的游憩之所，筑雪堂五间，其号"东坡居士"即由此而得。

长恨此身非我有：这里指身不由主，是道家对人生虚无主义的看法。《庄子·知北游》有一段转自和舜的对话，舜说："吾身非吾有也，孰有之哉？"庄子回答："是天地之委形也。"

縠纹：比喻水波微细。縠，绉纱类丝织品。

赏析

苏轼初到黄州后，曾寓居临皋。元丰五年（1082），在友人马正卿的帮助之下，苏轼在东坡筑雪堂五间，作为游憩之所。随后不断往来临皋、雪堂之间。此词作于是年九月。据叶梦得《避暑录话》记载，苏轼与客人在江上饮酒夜归，见"江面际天，风露浩然"，于是有感而发写下这首词，又将这首词大唱几段后和友人各自散去。不料次日满城哄传苏轼挂官服于江边，乘舟逃走。太守徐君猷连忙赶赴苏轼寓所处查看，而苏轼却"鼻鼾如雷"睡意正浓。这件事后来传到汴京，甚至引起宋神宗的怀疑。这说明苏轼以罪人身份被安置在黄州，其行动处处引人注意，也说明苏轼的文名很盛，所作诗词旋即被广为传诵。

这首词的风格开阔潇洒，记述了作者深秋之夜在东坡雪堂开怀畅饮，醉后返归临皋住所的情景，表现了词人退避社会、厌弃世间的生活态度和希望彻底解脱的出世意念，展现了作者旷达而又忧伤的心境。词的上片写醉归，从敲门不应、倚仗听涛的动作中，写出他随遇而安的生活态度与达观超旷的精神境界。下片"长恨""何时"两句，是全篇的点睛之笔，化用庄子"汝身非汝有也""全汝形，抱汝生，无使汝思虑营营"之言，以一种透彻了悟的哲理思辨，发出了对人生、社会、宇宙及整个存在的怀疑、厌倦及无所希冀、无所寄托的深沉喟叹。这两句既饱含哲理又一任情性，表达出一种无法解脱而又要求解脱的人生困惑与感伤，具有震撼人心的力量。

水调歌头

黄州快哉亭赠张偓佺

落日绣帘卷，亭下水连空。知君为我新作，窗户湿青红。长记平山堂上，欹枕江南烟雨，渺渺没孤鸿。认得醉翁语，山色有无中。 　一千顷，都镜净，倒碧峰。忽然浪起，掀舞一叶白头翁。堪笑兰台公子，未解庄生天籁，刚道有雌雄。一点浩然气，千里快哉风。

快哉亭：张偓佺谪居黄州，在江边建造一亭，作为游憩之所，苏轼命名为快哉亭。张偓佺：苏轼的朋友，名怀民，字梦得，又字偓佺。

水连空：水天相连。快哉亭在城南，下临长江。

湿青红：指快哉亭窗户上的青、红色油漆色泽新鲜。

平山堂：欧阳修于仁宗庆历年间所建，址在今扬州瘦西湖蜀冈法静寺内。

醉翁：欧阳修，号醉翁。山色有无中：欧阳修《朝中措》词有"平山栏槛倚晴空，山色有无中"之句，用了唐代王维《汉江临泛》诗句"江流天地外，山色有无中"。

"一千顷"三句：写千顷长江像镜面一样洁净，碧绿的山峰倒映在明净的江面上。白头翁：船夫。

兰台公子：战国时期楚国宋玉，曾任兰台令。其《风赋》写他与景差陪同楚襄王游兰台之宫，忽然刮起风来，楚襄王披襟当风曰："快哉此风，寡人所与庶人共者邪？"宋玉对曰："此独大王之风耳，庶人安得而共之！"然后铺叙"大王之雄风"与"庶人之雌风"之差别，苏轼此处反对其说。

庄生天籁：庄子的"天籁"之说。庄子用"人籁"（乐器发

清 景德镇窑青花人物故事图盘 苏轼博古

出的声音）比喻区分彼我、善恶、对错、好坏等差别的认识境界；用"地籁"（风吹孔穴发出的声音）比喻见其差别而不追求差别的认识境界；用"天籁"比喻与道为一、任运自然、不见任何差别的逍遥、齐物境界。宋玉《风赋》区分"雄风""雌风"之差别，故称其"未解庄生天籁"。

"一点"二句：意谓胸中有浩然之气便可享受千里快哉之风。"浩然气"语出《孟子·公孙丑》："吾善养吾浩然之气""其为气也，至大至刚，以直养而无害，则塞于天地之间"。

赏析

元丰六年（1083）六月，张怀民谪居黄州，在长江边上建造了新居所，并在居所西南处造起一座亭子以供游憩，苏轼为这座亭子命名为"快哉亭"，这首词就是在新亭造好时所作。此词是苏轼豪放词的代表作之一。全词通过描绘快哉亭周围壮阔的山光水色，抒发了作者旷达豪迈的处世精神。上片以"雨"为眼。前四句以实笔写景，目光由远及近，从落日绣帘、青窗朱户和亭下水天相连的绮丽景色，然后转入对平山堂的回忆。下片以"风"为主线。所写景物的象征意义是很明显的，那隐没于烟雨之中的杳杳孤鸿，那忽然而起的惊涛骇浪，那随浪掀舞的白头渔翁，寄托着多少作者政治生涯中的感慨！正是因为这诸多感慨，使"快哉"的呼唤更为迫切。最后五句既袒露了自己的宽阔胸襟和浩然之气，又揭示了人生哲理：人只要顺应自然又善养浩然正气，就能以泰然超然的态度对待各种境遇，并享有无穷的乐趣。而这种在逆境中养成的浩然之气和坦荡的人生态度，恰恰是作者经历沧桑后在黄州的四年反思中所得的人生真谛。

蝶恋花

述怀

云水萦回溪上路。叠叠青山，环绕溪东注。月白沙汀翘宿鹭，更无一点尘来处。　　溪叟相看私自语。底事区区，苦要为官去。尊酒不空田百亩，归来分得闲中趣。

萦回：缭绕。溪上路：指宜兴荆溪旁的路。

叠叠青山：晚唐郑谷《浯溪》："湛湛清江叠叠山。"此指环绕荆溪的群山。

环绕溪东注：环绕着荆溪流向东方，汇入大海。

"月白"二句：写明月照鹭洲，上下一白，不见纤尘的阳羡夜景。翘宿鹭：歇宿在沙洲的白鹭翘首张望。

"尊酒"二句：意谓不如归隐田园，有酒盈樽，长醉斯乡，分得闲中乐趣。

赏析

这首词作于元丰八年（1085）夏天。王文诰《苏诗总案》元丰八年六月："初闻起知登州，公将行，有怀荆溪，作《蝶恋花》词。"苏轼刚在常州宜兴安顿下来，朝廷一纸诏书，命他出任登州知州，词题"述怀"，抒发的就是对这个突变的感慨。苏轼由常州赴登州是在七月下旬，对照此词内容，确为行前怀宜兴荆溪之作。词的上片写荆溪风光：重重叠叠的青山好像在环护着荆溪流向东海，皎洁的月光下，溪边沙洲上歇宿的白鹭警觉地翘首张望，一切都是那样静谧、和谐、美好。下片借一位溪边闲步的老叟之口道出自己的矛盾和纠结：是继续过"采菊东篱下"的这种隐居生活，还是重新融入到已经厌倦的官场生涯中？全词处处流露出对田庄山水美景的眷恋，并假设溪叟之语，表现心中为官与归老的矛盾，希望将来能够如愿归来。语言清爽中饶有沉郁之思。

行香子

清夜无尘，月色如银。酒斟时、须满十分。浮名浮利，虚苦劳神。叹隙中驹，石中火，梦中身。　　虽抱文章，开口谁亲。且陶陶、乐尽天真。几时归去，作个闲人。对一张琴，一壶酒，一溪云。

酒斟时须满十分：意谓尽情畅饮，一醉方休。

叹隙中驹：感叹人生短促，如快马驰过隙缝。隙中驹，语出《庄子·知北游》："人生天地之间，若白驹之过隙，忽然而已。"

石中火，梦中身：比喻生命短促，像击石迸出一闪即灭的火花，像在梦境中短暂的经历。

虽抱文章，开口谁亲：虽然自诩文章盖世，有谁真能与自己亲近？苏轼一生写的文章很多，尤其是担任中书舍人、翰林学士期间，每天都要写很多制词。这里所谓"文章"，指的就是这类公务文书。意思是这些文章，不过是为别人锦上添花，想以此得到朝廷器重是不可能的。

赏析

此词的写作时间不可确考，从其所表现的强烈退隐愿望来看，应是苏轼在宋哲宗元祐八年（1093）时期的作品。此时苏轼已经离开汴京来到北方的中山府。苏轼多次希望为朝廷尽忠又多次遭到无情贬谪的沉痛经历，使他再次萌生了脱离官场回归自然的期求。这首以清夜独酌为背景的词，可以看作他一番冷静的自述。词的上片以恬静优美的月夜起兴，夜气清新，尘滓皆无，月光皎洁如银。此时此刻的作者美酒盈樽，独自一人，仰望长空，遐想无穷。抒发了对名利虚浮、人生短暂的感慨。下片表达要摆脱世俗困扰，归隐田园，回归天真本性，乐享其身，做个闲人。这里的做个闲人，不是指游手好闲之辈，而是指超然尘寰束缚、达到内心自由的境界，其实体现的就是一种隐士情怀。最后，作者对这种生活作了憧憬："对一张琴，一壶酒，一溪云。"一种闲云野鹤的生活状态。

西江月

世事一场大梦，人生几度新凉。夜来风叶已鸣廊，看取眉头鬓上。　　酒贱常愁客少，月明多被云妨。中秋谁与共孤光，把盏凄然北望。

人生几度新凉：人生中不知要经过多少荣辱得失的世态炎凉。

鸣廊：谓秋风落叶的沙沙声在廊庑间响起。

酒贱常愁客少：谓身处穷乡僻壤，没有好酒，也没有客人到访。

妨：遮掩。古代诗人常以浮云遮蔽明月隐喻谗人蔽君、忠而见谤。

北望：时作者在儋州，苏辙在雷州，故言。一说指作者在黄州北望汴京。

赏析

　　这首词是苏轼表达身世之感的词章中最为沉痛的一首。关于此词主旨及写作时间地点，历来说法有歧义。大致有两种说法：一种认为是绍圣四年（1097）八月十五日作于儋州。孔凡礼、刘尚荣《苏轼诗词选》及刘石《苏轼词》均认为该词绍圣四年八月十五日作于儋州，抒发的是兄弟之情。另一种认为是元丰三年（1080）作于黄州。洪柏昭《三苏传》及关立勋《宋词精品》均认为是苏轼被贬黄州第二年中秋节所作，并认为词的最后两句"中秋谁与共孤光，把盏凄然北望"，作者"北望"是面向汴京，表现的是"对神宗皇帝的期望"。从本词所表现出来的消极情绪及所涉及的地理位置来看，应是绍圣四年中秋在儋州所作。从时间和情绪上看，绍圣四年七月二日苏轼达儋州贬所，一个多月后就是中秋节，此时正是作者心绪烦恼郁闷的时期。从地理位置上看，"把盏凄然北望"唯有此时最恰当。因为当时苏轼居海南，苏辙居雷州，兄弟二人正是一南一北，隔海相望。在这首词中，作者以每逢佳节倍思亲的"中秋"这一深具情感意义的节日作为时空背景，抒写了谪居儋州的孤独悲苦心境，对人生历史的深沉思索，以及对人世真情的深深眷恋。

明 仇英 赤壁图（局部）

卷二

闲适篇：一蓑烟雨任平生

望江南

超然台作

春未老，风细柳斜斜。试上超然台上看，半壕春水一城花。烟雨暗千家。　　寒食后，酒醒却咨嗟。休对故人思故国，且将新火试新茶，诗酒趁年华。

超然台：在密州城北，登台可眺望全城。

寒食：节令。旧时清明前一天（一说二天）为寒食节。这天起，人们禁用柴火三天，以纪念春秋时期被大火烧死的晋文公功臣介子推。咨嗟：感叹。

新火：唐宋习俗，清明前二天起，禁火三日。节后另取榆柳之火称"新火"。新茶：指清明节前采摘的茶，即明前茶。不同于雨前茶，清明与谷雨之间采摘的茶，称作雨前茶，比明前茶稍晚，算不上新茶。

赏析

熙宁七年（1074）秋，苏轼由杭州移守密州。次年八月，他命人修葺城北旧台，并由其弟苏辙题名"超然"，取《老子》"虽有荣观，燕处超然"之义。苏轼《超然台记》文谓："移守胶西……处之期年……而园之北，因城以为台者旧矣。稍葺而新之，时相与登览，放意肆志焉。"熙宁九年（1076）暮春，苏轼登超然台，眺望春色烟雨，触动乡思，写下此词，表现超然物外的恬淡心境。词的上片写登台时所见暮春时节的郊外景色：风细柳斜，烟雨蒙蒙，春水春花和满城居民，都笼罩在烟雨之中。下片写情，乃触景生情。词人见到眼前这一片宁静祥和之景，不觉触动了"对故人思故国"的情思和乡思。苏轼与弟弟苏辙一向感情弥笃。如今

宋 苏轼·潇湘竹石

两人虽然都在山东，却因公务缠身而难得一见。由思念弟弟而引出思念故乡，这是苏轼一生不能释怀的情结。

一丛花

初春病起

今年春浅腊侵年，冰雪破春妍。东风有信无人见，露微意、柳际花边。寒夜纵长，孤衾易暖，钟鼓渐清圆。　　朝来初日半衔山，楼阁淡疏烟。游人便作寻芳计，小桃杏、应已争先。衰病少情，疏慵自放，惟爱日高眠。

春浅腊侵年：在阴历遇有闰月的年，其前立春节候较迟。虽交正月，过了年，却未交春，尚在腊月（十二月）的节气内，故云"春浅腊侵年”。

冰雪破春妍：意谓已到春季，却意外下了一场雪，推迟了美艳春景的到来。

东风有信无人见：到了东风送暖的季节，人们却还没真正领略到。曹松《除夜》："残腊即又尽，东风应渐闻。"东风，春风。

孤衾：一床被，意指独宿。清圆：鼓声清亮圆润。

初日半衔山：谓初升的太阳还有一半掩在山后。寻芳计：踏青游览的计划。

赏析

此词作于熙宁九年（1076）早春，苏轼知密州知州。密州时期的苏轼，总体心情是比较慵懒的，像《江城子》里面"左牵黄，右擎苍"那样的豪情盖天的日子委实不多。这首《一丛花》便是其疏慵自放情绪的表现。此词抓住"初春"和病愈初起这一特殊情景和特有的心理感受，描写词人初春病愈后既喜悦又疏慵的心绪。词的上片侧重写初春病起的喜悦。末三句直抒感受和喜悦之情，纵然夜寒且长，但毕竟已是大地春回，厚被子盖着有些热了，就连报时的钟鼓声也清脆圆润起来。下片侧重写初春病起的疏慵。词人起床之后临窗而望，红日初升，楼阁之间，烟霭朦胧。人们开始计划着外出踏春了，想必郊外的桃花杏花已经争相开放了。而作者却因为生病没有兴趣去玩，只想懒散地躺着，一直睡到日上三竿。最后"衰病少情，疏慵自放，惟爱日高眠"三句，陡然逆转，与前景前情大异其趣。这种心理上的变化，正是病起者所特有的，表达得深刻细腻，真切动人。

南乡子

自述

凉簟碧纱厨，一枕清风昼睡余。卧听晚衙无个事，徐徐，读尽床头几卷书。　　搔首赋归欤，自觉功名懒更疏。若问使君才与气，何如？占得人间一味愚。

凉簟：凉席。纱厨：古人挂在床的木架子上，夏天用来避蚊蝇的纱帐。

昼睡余：睡到自然醒的午觉。

晚衙：傍晚的坐衙。古代官吏一天坐两次衙，早晨坐衙称"早衙""朝衙"，晚间坐衙称"晚衙""暮衙"。

赋归欤：写"归欤"之诗赋。归欤，返回本处。意谓辞官回家。

使君：太守，指作者自己。作者时任徐州太守。

占得：拥有。一味愚：意谓专趋于愚昧。一味，一向，总是。

赏析

此词作于元丰元年（1078）徐州太守任上。自从熙宁四年（1071）苏轼因质疑王安石变法而被排挤出京到杭州担任通判后，在地方州郡游走了七八年，使他越来越感到有志难伸，对功名利欲已经没多少兴趣，整首词流露出来的就是一种懒更疏的情绪。词的上片刻画作者慵懒之态：初秋的黄昏，词人在碧纱帐里一觉醒来，枕边微凉的秋风也吹不尽浓浓的睡意，于是继续躺在凉席之上，听外面公堂一片寂静，这意味着今晚不用上堂处理公事。"卧听"二字表现出词人起床的慵懒和悠闲，也说明他早就料到今天"无一事"的状况。于是他徐徐起身，半躺半靠着看起了床头的书卷。下片五句议论，由自然状态进入思想层面，是前面五句的延续：正是由于这种无聊和懒散，使他感到还不如早日离开官场，去过田夫野老的逍遥日子来得快乐。反正自己是一个无才无术的无用之人，那就索性当个名副其实的愚夫。"占得人间一味愚"，这是苏轼在遍尝人世坎坷、受尽官场打击后得出的人生经验。

定风波

重阳括杜牧之诗

与客携壶上翠微，江涵秋影雁初飞。尘世难逢开口笑，年少，菊花须插满头归。　　酩酊但酬佳节了。云峤。登临不用怨斜晖。古往今来谁不老，多少，牛山何必更沾衣。

重阳：即九月初九重阳节。括：隐括。杜牧之诗：唐代杜牧的诗《九日齐安登高》。

携壶：带酒。翠微：青翠掩映的山腰幽深处。

涵：容纳，倒映。初：第一次，刚刚。

酩酊：沉醉，大醉。但：只是。酬：酬谢。

云峤：耸入云霄的高山。

牛山：在今山东淄博。《晏子春秋》载："齐景公游于牛山，北临其国城而流涕曰：若何滂滂去此而死乎？"后以"牛山叹""牛山泪""牛山悲""牛山下涕"喻为人生短暂而悲叹。

赏析

这是一首隐括词，作于元丰三年（1080）重九，词题作《重阳括杜牧之诗》，即檃括唐池州刺史杜牧之会昌五年（845）登齐山作《九日齐安登高》诗，杜诗所云"齐安"，即黄州。杜诗原作为："江涵秋影雁初飞，与客携壶上翠微。尘世难逢开口笑，菊花须插满头归。但将酩酊酬佳节，不用登临恨落晖。古往今来只如此，牛山何必独霑衣。"对比二作，清楚可见，属于苏轼自己的词语少之又少，仅有"年少""云峤""多少"三句。清人王士祯在《花草蒙拾》中云："苏东坡之《定风波·与客携壶上翠微》和贺东山《太平时·秋尽江南叶未凋》皆文人偶然游戏，非向《樊川集》中做贼。"清人沈雄在《古今词话·词品·祝词》中认为："全用旧诗而为添声也。"苏轼是在杜牧诗的基础上的二次再创作，既有新的主题，又有新的体裁。上片末处"尘世难逢开口笑，年少，菊花须插满头归"三句人生箴言，表达理应趁着这大好年华、大好秋光开怀大笑，恣意插戴黄花。下片结句"古往今来谁不老，多少，牛山何必更沾衣"，直言人的衰老死亡是不以人的意志为转移的自然规律。杜牧含蓄地说人生"只如此"，而苏轼则直言不讳人生"谁不老"。苏轼虽然感叹世事多艰，但是不消沉，不伤感，充分显示了他对世事人生的豁达乐观的胸襟。

定风波

三月七日，沙湖道中遇雨。雨具先去，同行皆狼狈，余独不觉。已而遂晴，故作此。

莫听穿林打叶声，何妨吟啸且独行。竹杖芒鞋轻胜马，谁怕？一蓑烟雨任平生。　料峭春风吹酒醒，微冷，山头斜照却相迎。回首向来萧瑟处，归去，也无风雨也无晴。

沙湖：在今湖北黄冈东南三十里，又名螺丝店。

穿林打叶声：指大雨点透过树林打在树叶上的声音。

吟啸：高声吟诗长啸。芒鞋：草鞋。

一蓑烟雨任平生：意谓即使一生出没于烟雨，也任凭风吹雨打，过着亲近自然的生活。蓑，蓑衣，用棕制成的雨披。

"回首"三句：是说归去时，再回头看遇雨的地方，风雨已经过去，落霞也收起了余晖。向来，方才。萧瑟，风雨吹打树叶声。也无风雨也无晴，意谓既不怕雨，也不喜晴。

赏析

元丰五年（1082），苏轼到黄州东南的沙湖相看新买来的农田地，途中遇到下雨，有感而发写下这首词。词人通过写郊外途中偶遇风雨这一生活中的小事，于简朴中见深意，于寻常处生奇景，表现出旷达超脱的胸襟，寄寓着超凡脱俗的人生理想。词的上片写冒雨徐行的心情。"竹杖芒鞋轻胜马"，写词人竹杖芒鞋，顶风冲雨，从容前行，以"轻胜马"的自我感受，传达出一种搏击风雨、笑傲人生的轻松、喜悦和豪迈之情。"一蓑烟雨任平生"，更进一步由眼前风雨推及整个人生，有力地强化了作者面对人生的风风雨雨而我行我素、不畏坎坷的超然情怀。下片写雨后景物和感受。结尾三句"回首向来萧瑟处，归去，也无风雨也无晴"道出了词人在大自然微妙的一瞬所获得的顿悟和启示：天有不测之风云，人有旦夕之祸福。人生中的政治风云、荣辱得失又何足挂齿。句中"风雨"二字一语双关，既指野外途中所遇风雨，又暗指几乎致他于死地的"乌台诗案"政治风波。全词蕴含丰富的人生哲理，是作者在坦然接受一场急雨后自然触发的心灵感受的畅快表现。世事的风雨沧桑，草木的万千变化，都被收纳进苏轼的生命里。假若他不曾遭遇"乌台诗案"，假若他不曾躬耕东坡，心境必然大大不同。不经历那些痛苦与折磨，他不会知道"也无风雨也无晴"。

浣溪沙

游蕲水清泉寺，寺临兰溪，溪水西流。

山下兰芽短浸溪，松间沙路净无泥。潇潇暮雨子规啼。　　谁道人生无再少，门前流水尚能西。休将白发唱黄鸡。

蕲水：河流名，也是县名，后改称浠水，在今湖北浠水。清泉寺：寺名，在蕲水县城外。兰溪：河流名，蕲水的旧称。

兰芽短浸溪：指初生的兰芽浸润在溪水中。

潇潇：形容雨声。子规：杜鹃鸟，相传为古代蜀帝杜宇之魂所化，亦称"杜宇"，鸣声凄厉，诗词中常借以抒写羁旅之思。

无再少：不能回到少年时代。

白发：老年人。黄鸡：黄色羽毛的鸡。白居易《醉歌示妓人商玲珑》诗："谁道使君不解歌，听唱黄鸡与白日。黄鸡催晓丑时鸣，白日催年西前没……玲珑玲珑奈何老，使君歌了汝更歌。"抒发了红颜易老，良时不再的悲慨。此处苏轼化用此诗却反用其意，意谓不要像古人那样，徒然悲叹岁月流逝，自伤衰老。

赏析

元丰五年（1082）三月，苏轼当时因去沙湖相田，道中遇雨，得了疾病，此后为了求医，来到麻桥医生庞安常家中留住数日，

徐宗浩　苏文忠公像

疾病愈后，苏轼陪同庞安常游览清泉寺，作此词。人们常说"花有重开日，人无再少年"，虽有劝人惜时奋进的意思，但更深处是对人生规律的无可奈何。但困居黄州的苏轼，却反其意而用之。词的上片写暮春三月兰溪的雨后景色，以淡疏的笔墨写景，景色自然明丽，雅淡凄美。下片直抒胸臆，既以形象的语言抒情，又在即景抒慨中融入哲理，启人心智，令人振奋。"谁道人生无再少？门前流水尚能西"两句，溪水西流，使作者感悟到：谁说人生就要一步步走向衰老不再年轻，溪水尚且可以西流，难道人生就再无少年了吗？这两句集中体现了作者虽然身处逆境，却能看到积极向上的一面，并且以此激励自己振作精神。结句"休将白发唱黄鸡"一反白居易诗黄鸡催晓、白日催年的悲观调子，唱出乐观的呼唤青春的人生之歌。苏轼的乐观来自他对把握不定的前途始终持有希望和追求。承认人生的实质是悲哀，又处处力求超越，不受局限。苏轼终究是一个"奋厉有当世志"的杰出人物，对自己心中的信念，是至死不渝的。

浣溪沙

渔父

西塞山边白鹭飞，散花洲外片帆微，桃花流水鳜鱼肥。　　自庇一身青箬笠，相随到处绿蓑衣，斜风细雨不须归。

渔父：唐末张志和旧词名称。张志和，字同和，号玄真子。其《渔父》词全文："西塞山前白鹭飞，桃花流水鳜鱼肥。青箬笠，绿蓑衣，斜风细雨不须归。"

西塞山：又名道士矶，在今湖北大冶东北。

散花洲：在今湖北浠水江滨，与西塞山相对。

鳜鱼：又名"桂花鱼"，鱼肉鲜美，长江流域特有的淡水鱼。

箬笠：用竹篾做的斗笠。

蓑衣：草或棕做的雨衣。

赏析

这是一首檃括词。元丰五年（1082）三月，苏轼到黄州东南三十里沙湖相田，途经蕲水县兰溪下至长江边散花洲，沿途看到渔父生活的景象，联想到唐末张志和《渔父》词，触发灵感，既喜张词的"极清丽"，又恨其曲度不传，遂将张词檃括成这首《浣溪沙》。词的上片写黄州一带山光水色和田园风味。三幅画面组缀成色彩斑斓的乡村画卷：西塞山配白鹭飞、桃花流水配鳜鱼肥、散花洲配片帆微，静中有动，动中有静。青山、蓝水、绿洲配白鹭、白鱼、白帆，构成一幅素雅恬淡的田园生活图。下片写效法张志和追求超然自由的隐士生活。"自庇一身青箬笠，相随到处绿蓑衣"勾画出一个典型的渔翁形象。"斜风细雨不须归"描绘出"一蓑烟雨任平生"乐而忘归、随缘自适的生活态度。

西江月

顷在黄州，春夜行蕲水中，过酒家，饮酒醉，乘月至一溪桥上，解鞍，曲肱醉卧少休。及觉已晓，乱山攒拥，流水锵然，疑非尘世也。书此词桥柱上。

照野弥弥浅浪，横空隐隐层霄。障泥未解玉骢骄，

我欲醉眠芳草。　　可惜一溪风月，莫教踏碎琼瑶。解鞍欹枕绿杨桥，杜宇一声春晓。

蕲水：宋蕲州蕲水县，今湖北浠水，有兰溪由东向西流入长江。

曲肱：弯着胳膊以手枕头。肱，臂膀。

照野：月光照着旷野。弥弥：水流动的样子。层霄：弥漫的云气。

障泥：马鞯，垂于马两旁以挡泥土。玉骢：良马。骄：壮健的样子。

可惜：可爱。琼瑶：美玉。这里形容月亮在水中的倒影。

欹枕：斜靠在枕上。杜宇：古蜀国国王，称"望帝"，死后化作鹃鸟，每年春耕时节，子鹃鸟鸣，后以"杜宇"来指代杜鹃。

赏析

此词作于元丰五年（1082）春，当时苏轼在黄州贬所已经度过了两个春秋，不再以仕途得失为意，渐渐习惯了乡野平民生活，这首词写的便是词人春夜醉眠山水间的一次美妙经历。词的上片写景叙事：春夜，词人蕲水边骑马而行，经过酒家饮酒，醉后乘着月色归去，经过一座溪桥，明月当空，清楚地看见兰溪缓缓流过辽阔的旷野。此时，词人不胜酒力，从马上下来，等不及卸下马鞍鞯，即欲眠于芳草。下片描写词人心理感受和入梦过程：微风徐来，水月相溶，月光倒映在水面，仿佛一面晶莹剔透的玉镜。词人赶紧把马拴好，免得它走入水中，踏碎了这如玉的水月。于是，词人解下马鞍当作枕头，斜卧在绿杨桥上醉眠芳草。此词写得活泼健朗，让人看到一个内心丰富和热爱自然的苏轼。全篇所写之景，以月光为中心，顺情直下，一气贯穿，使层霄、玉骢、溪水、绿杨、芳草等景物都笼罩着银色的月光，形成清幽旷远、空明澄澈的意境，给人以梦幻般的感觉，表现了词人幕天席地、友月交风、在大自然中任情自适的旷达情怀。

鹧鸪天

时谪黄州

　　林断山明竹隐墙，乱蝉衰草小池塘。翻空白鸟时时见，照水红蕖细细香。　　村舍外，古城旁，杖藜徐步转斜阳。殷勤昨夜三更雨，又得浮生一日凉。

　　时谪黄州：元丰六年（1083）六月，苏轼贬谪黄州时作。

　　林断山明竹隐墙：树林到了尽头，山色显得清晰明朗，院墙边的竹丛茂密高大，几乎遮蔽了院墙。

　　红蕖：红色的荷花。蕖，芙蕖，荷花的别称。细细香：荷花幽幽的清香。

　　杖藜：拄着藜杖。转斜阳：在斜阳下徐徐行走。

　　殷勤：及时。浮生：人生。古人认为，人生飘忽不定，短促如浮沤，转瞬即灭。《庄子·刻意》："其生若浮，其死若休。"

赏析

　　此词为苏轼被贬黄州期间最后一个夏天所作，描写了他平淡的乡间幽居生活和内心情感。词中所表现的，是作者雨后游赏的欢快、闲适心境。上片状物写景，写的是夏末秋初雨后村舍周围的景色。开头两句，由远而近，描绘自己身处的具体环境：远处郁郁葱葱的树林尽头，有高山耸入云端，清晰可见。近处，丛生的翠竹，像绿色的屏障，围护一所墙院周围。院落池塘边长满枯萎的衰草。蝉声四起，叫声一团。下片叙事抒情，写词人夕阳西下时手挂藜杖缓步游赏，表现他自得其乐的隐逸生活。在词人笔意流转的叙事中流露出徜徉山村的闲怡之情，却又虚笔一写"昨夜雨"并用"殷勤"二字将雨拟人化，引出点睛之句"又得浮生一日凉"。此乃词人化用唐人李涉《题鹤林寺僧舍》诗句"终日昏昏醉梦间，忽闻春尽强登山。因过竹院逢僧话，偷得浮生半日闲。"苏词善于融化前人诗句并进一步营构新境之妙，可谓以故为新，夺胎换骨。

浣溪沙
自适

　　倾盖相逢胜白头，故山空复梦松楸。此心安处是菟裘。　　卖剑买牛吾欲老，乞浆得酒更何求。愿为同社宴春秋。

倾盖相逢胜白头：意谓偶然相逢的新知往往胜过自小交往到白头的故人。倾盖，两车上的伞盖相倾碰到一起。

故山：家山，故乡的山。松楸：指坟墓。古人往往在墓地种植松树和楸树，故以"松楸"代指坟墓。苏轼的父亲、母亲及妻子均葬于故乡蜀中眉山。

菟裘：古地名，在今山东泗水。后称告老退隐的地方为菟裘。此句意谓苏轼被贬黄州后，打算在此终老。

卖剑买牛：把士子随身佩戴的剑卖掉去购买耕牛。

乞浆得酒：向人求浆水却得了美酒，谓所得超过所求。

愿为同社宴春秋：意谓愿意与这里的新知友人们饮宴以度时光。此处指苏轼被贬到黄州后，与知州徐君猷、秀才潘大临、郎中庞安常、隐士方山子等皆是好友。所谓同社，即指这些新交的朋友是"倾盖相逢胜白头"。

赏析

此词作于元丰七年（1084）春。苏轼自元丰三年被贬到黄州，直到元丰七年三月才得到朝廷的诏书赦免，量移汝州团练副使。此词正是作者得到赦书后与黄州友人相聚时所作。然而，这次量移汝州，并没有给苏轼带来很大惊喜。汝州从地理位置上看虽然比黄州更接近天子脚下，但从身份上看，苏轼仍然是团练副使，仍然是本地安置"不得签书公事"，可以说，政治地位没有根本变化。相反，苏轼在黄州已然居住了四年，在此也结交了许多新知，对当地的风土人情更是十分熟悉和喜爱。所以，词人觉得与其到另一个地方去当团练副使，不如就此待在黄州，起码有那么多当地的朋友可以交往。而此词正表达了苏轼对黄州朋友们的深深眷恋和依依不舍之情。上片开头就用"倾盖相逢胜白头"这样包含深情的语句抒发他对黄州友人们的热爱，为全词奠定了基调。虽然词人时时梦见家山故土，梦见葬于故乡的父母和妻子，但他并没有要选择回乡告老归田。此刻，他选择的地方是黄州（事实上苏轼晚年选择常州作为养老之所），"此心安处是吾乡""愿为同社宴春秋"两句正表达了作者对目前生活状态的满意，有那么多情真意切的朋友在身边，即使在异乡黄州安家养老，也是十分惬意的选择。

横看成岭侧成峰，远山

横看成岭侧成峰，远近高低各不同。不识庐山真面目，只缘身在此山中。坦身仇甫书

清 包世臣 题西林壁

菩萨蛮

买田阳羡吾将老，从来只为溪山好。来往一虚舟，聊从物外游。　　有书仍懒著，《水调》歌归去。筋力不辞诗，要须风雨时。

阳羡：江苏常州宜兴的古称，宋朝时改称为宜兴。苏轼曾在这里买下田产，元丰八年（1085）遇赦后，打算在此终老。

溪山：指阳羡荆溪、西山。

虚舟：任其漂流的舟楫，此处意谓在远离人世的地方随意漂流，不设任何目标。

《水调》：苏轼熙宁七年（1074）在彭城和子由《水调歌头》下阕云："岁云暮，须早记，要褐裘。故乡归去千里，佳处辄迟留。我醉歌时君和，醉倒须君扶我，惟酒可忘忧。一任刘玄德，相对卧高楼。"以不早退为戒，以相从归去为乐。

筋力不辞诗：意谓身体精神都还健康，可以作诗。

要须：必须等到。风雨时：指仁宗嘉祐六年（1061）苏轼与苏辙的夜雨连床之约。苏轼与苏辙在京城应试，当读到韦应物《示全真元常》"宁知风雨夜，复此对床眠"二句时，凄然有感，相约早退，共践雨夜连床之约。他寄给苏辙的第一首诗中就有"寒灯相对记畴昔，夜雨何时听萧瑟。君知此意不可忘，慎勿苦爱高官职。"虽然苏轼兄弟从未忘却此约定，但世事无常，这个约定最终并未实现。在许多年以后，苏轼自颍州移知扬州，写下了另一首怀念子由的词作《满江红》，词中写道"辜负当年林下意，对床夜雨听萧瑟"。

赏析

苏轼对宜兴这块土地情有独钟。据史料记载,苏轼一生曾十多次来过宜兴,置田买地,筑舍而居。最早的一次是在熙宁七年(1074)三月,时任杭州通判的苏轼前往常州等地赈灾之后,径往宜兴访友,客居湖父单锡家中,并委托蒋之奇在离善卷洞不远处的黄土村购得一处田庄。十年后,即元丰七年(1084),又在闸口永定里邵民瞻的帮助下,于和桥滆湖边的塘头买得另一处田庄。由此可见,苏轼对宜兴这方山水"殆有情缘",情有独钟。这就是词作开篇"买田阳羡吾将老"之由来。词的上片交代自己在数年前就在阳羡这个好山好水的地方买下田产,打算宦游生涯结束后就到这里来养老,意在证实自己厌倦官场由来已久的性情怀抱。"来往一虚舟,聊从物外游"二句是对未来生活的憧憬:乘着一条随意漂流的小船,任凭它在没有尘世喧嚣的宇宙间流动,是多么惬意的享受。下片通过引述前贤,进一步表达现在自己脱离官场,回归田园的决心。词人既然选定了"聊从物外游"之路,就不愿再静坐书斋著书立说了,要学当年的陶渊明唱"归去来兮辞",回归自然,躬耕田园。收尾处,词人委婉地说明了自己现在不写诗文的原因是苏辙不在,表达了对弟弟深深的思念。

点绛唇

闲倚胡床,庾公楼外峰千朵。与谁同坐,明月清风我。　　别乘一来,有唱应须和。还知么,自从添个,风月平分破。

胡床：一种可以折叠的轻便椅子，因从胡地传入，故名。庾公楼：在武昌。东晋庾亮在武昌乘月登南楼的典故。而此词作于杭州，意义上与庾公楼没有必然联系。峰千朵：意谓月光之下，远处的山峦层层叠叠。

别乘：此处指时任杭州通判的袁毂。汉代称郡守的副手为别驾。别，另外。郡守乘车出行。副手乘另外的车跟随，所以叫别驾。乘，驾车之意。宋代通判（知州事的副手）相当汉代别驾。

有唱应须：通判既已先有词作，苏轼理当也要有赓和之词。

自从添个：自从通判来此。添个，俗语，意谓添了你。风月平分破：风花雪月被你分去了一半。

赏析

此词作于元祐五年（1090）秋。是时，苏轼正以龙图阁学士充两浙西路兵马钤辖知杭州军州事任上。袁毂（公济）春夏间来杭任通判，词人与他登山玩水，赋诗唱和。此词运用叙述与描写、对衬与渲染之笔，尽情抒发了作者知杭州时与僚友袁毂畅游湖山之乐。词的上片自述词人孤独游山玩水的寂静状态：通判到来之前，词人每每闲坐楼台，看着远处的叠叠青山，身边没有任何人陪伴，只有清风、明月和他自己，透露出一种清冷孤独的意绪。下片直言通判的到来，打破了词人岑寂的沉闷世界。杭州城自此有了两位长官，词人不再独自一人游山玩水，两人彼此唱和，相得甚欢，情趣顿增，透出的是一种欣快之情。画龙点睛之笔在末句"风月平分破"：清风、明月，我们平均地享受吧！原来的风月无人同赏，隐含的意绪是孤寂；如今二人同赏，表达的意思是身边多了一位志同道合的朋友。如此看来，是独占风月好呢，还是与人同赏好呢？正所谓独乐乐不如众乐乐，答案不言而喻。

浣溪沙

绍圣元年十月二十三日，与程乡令侯晋叔、归善簿谭汲同游大云寺。野饮松下，设松黄汤，作此阕。

罗袜空飞洛浦尘，锦袍不见谪仙人，携壶藉草亦天真。　　玉粉轻黄千岁药，雪花浮动万家春，醉归江路野梅新。

程乡：即梅州，在今广东东部。侯晋叔：字德昭，曲江人。元丰八年（1085）进士，为程乡令。归善：归善县，宋时归惠州。簿：主簿。在县衙中负责文书事务。谭汲：未详何人。大云寺：在归善县西八十里。

松黄汤：松花汤，服之令人延年益寿。

罗袜空飞：曹植《洛神赋》中有"凌波微步，罗袜生尘"句，意谓洛神步履轻盈地走在平静的水面上，荡起细细的涟漪，就像走在路面上腾起细细的尘埃一样。洛浦尘：指洛水。

锦袍：和"谪仙人"的意思一样，都是指李白。此句意谓作者这次游赏不可能见到谪仙李白。

藉草：坐卧在草垫上。藉，垫衬。天真：这里指不受礼俗拘束的品性。

玉粉：松花粉。轻黄：鹅黄、淡黄。千岁药：千岁之树结的松子，养生长寿之品。

雪花：酒沫。万家春：苏轼为自己亲手酿造的酒取的名字。

野梅新：岭南梅花有的开花很早，大概在农历十一月左右就绽放。

赏析

绍圣元年（1094），苏轼五十七岁。哲宗亲政，重新起用新党，贬苏轼惠州安置。苏轼十月三日到惠州，寓居嘉佑寺。当月与程乡令侯晋叔、归善簿谭汲游大云寺，野饮松下，设松黄汤，作此词。上片写苏轼与游伴坐于松树下饮酒，突然想到洛水女神在水面轻盈漫步的样子，又想起"谪仙人"李白着锦袍，游采石江的情景，词人心中向往，却不能得见，因此心生遗憾。所幸词人自带酒壶，席地而坐，自在饮酒，无拘无束，自由自在，也很美好。下片写苏轼与游伴在松下喝松黄汤，面对美景，开怀畅饮，直到酩酊大醉，才沿着江路醉醺醺地返回，路上看到几枝梅花绽放，心情无比惬意。苏轼借酒消愁，忘情山水，是被贬后排遣心中闷气的一种方式。整首词清新秀丽，表达了词人对自由生活的向往，同时也表达了对自己闲适恬淡的生活感到很满意。全词格调清雅，飘逸俊秀，清新自然而又稳健洒脱，展示了作者后期的创作风格。

好事近

烟外倚危楼，初见远灯明灭。却跨玉虹归去，看洞天星月。　　当时张范风流在，况一尊浮雪。莫问世间何事，与剑头微映。

烟外：云烟之外。危楼：高楼，此处指白鹤峰新居。初见：刚刚看见，略略看见。明灭：一亮一熄。

玉虹：白玉般的桥。洞天：仙人居住地。道教称神仙的居住处，意谓洞中别有天地。后人泛指风景胜地。星月：天上的星星和月亮。

这里苏轼暗指京城的美景或挚友。

当时：当年。张范：指张劭和范式。《后汉书·范式传》载：张劭与山东金乡人范式为太学同学，盟誓结为生死之交。一日，范式梦见张劭前来告知"吾（指张劭）以某日死"，范如期前来探听，果见张劭已死。范未前来，张劭棺柩抬不起来；范式一到，张棺自动成行。后人以此喻交情生死不渝。浮雪：白酒。

剑头微唉：喻微小、无足轻重。这里以剑环和剑首声喻微不足道的言论。

赏析

此词作于绍圣四年（1097），苏轼登友人白鹤峰新居，面对空旷的夜景，无比倜傥，从迷蒙的灯光中产生神话般的联想，作此词以解脱。上片即景抒情，写自己的追求与愿望。苏轼摆脱愁闷的妙方是成仙。在密州时，外任不悦，他就想到"我欲乘风归去"；几年后被贬黄州，抑郁不平，他又想到"羽化而登仙"。而此时此刻，"跨玉虹归去，看洞天星月"，再次借仙境解脱之法，反映了他一种无可奈何的心境。下片引用史典，交友为寄，表达出他看穿现实的超然的人生态度。汉人张劭与范式的刎颈之交的风流韵事，于词人来说并不陌生和遥远，因为在他身边始终有一群志同道合者星月相伴、友谊长存。结句"莫问世间何事，与剑头微唉"是词人对自己和友人的劝慰：社会政治不必过问，剑头微唉不必听从，走自己的路，让他人说去吧。

大江東去浪淘尽千古風流人物故壘西邊人道是三
國周郎赤壁亂石穿空驚濤拍岸捲起千堆雪
江山如畫一時多少豪傑遙想公瑾當年小
喬初嫁了雄姿英發羽扇綸巾談笑間檣櫓灰飛
煙滅故國神遊多情應笑我早生
華髮人生如夢一樽還酹江月

清 雍正 念奴娇·赤壁怀古

卷三

怀人篇：但愿人长久

行香子

丹阳寄述古

携手江村，梅雪飘裙。情何限、处处消魂。故人不见，旧曲重闻。向望湖楼，孤山寺，涌金门。　　寻常行处，题诗千首，绣罗衫、与拂红尘。别来相忆，知是何人。有湖中月，江边柳，陇头云。

丹阳：北宋两浙路润州丹阳郡，今江苏丹阳。述古：杭州知州陈襄，字述古。

故人：指陈述古。旧曲：指寻春时词人自己与述古的吟诵。

望湖楼：又名看经楼，在杭州。孤山寺：寺院名，又叫广化寺、永福寺，在杭州孤山南。涌金门：杭州城之正西门，又名丰豫门。

寻常行处：平时常去处。题诗千首：此指词人在西湖一带的题诗。

绣罗衫：丝织品做的上衣。拂红尘：用衣袖拂去上面的尘土。宋代吴处厚《青箱杂记》上说，魏野曾和寇准同游寺庙，各有题诗。数年后两人又去故地重游，只见寇准的题诗被人用碧纱笼护，而魏野的题诗没有，诗上落满了灰尘。有个同行的官妓很聪明，上前用衣袖拂去尘土。魏野说："若得常将红袖拂，也应胜似碧纱笼。"此处以狂放的处士魏野自比，以陈襄比寇准，表示尊崇。

湖：指杭州西湖。陇：小山丘，田埂。

赏析

熙宁七年（1074）正月，苏轼自杭州赴润州，作此词寄述古，表达对友人的思念之情。此词是苏轼早期怀人词的佳作。词中多用忆旧和对照眼前孤独处境的穿插对比写法，触目兴怀，感想当初,抒写自己对友人的思念之情。上片前四句追忆熙宁六年(1073)词人与友人陈襄江村寻春事,引起对友人的怀念。"故人不见"句从追忆转到现实,表明江村寻春已成往事,同游的故人不在眼前,每当吟诵寻春旧曲之时,就更加怀念故人。下片首先回味游赏时两人吟咏酬唱的情形:平常经过的地方,动辄题诗千首。接着"别来相忆,知是何人"转到眼前,以诘问句的形式出现,文思极为精巧。结尾词人巧妙地将人对他的思念转化为自然物对他的思念。"湖中月,江边柳,陇头云"是说杭州的西湖、钱塘江和城中诸名山胜景,对他相忆已久,意为召唤他回去。而陈襄又是杭州的地方长官、湖山主人,湖山的召唤就是主人的召唤。这是苏轼怀人词惯用的手法,常常由自己思人而起,而后引入友人思念自己的想象之中,情谊深深、千回百转。

少年游

润州作,代人寄远

去年相送,余杭门外,飞雪似杨花。今年春尽,杨花似雪,犹不见还家。　　对酒卷帘邀明月,风露透窗纱。恰似姮娥怜双燕,分明照,画梁斜。

润州:今江苏镇江。寄远:寄送远方。谓寄给在远方的丈夫。

余杭门:北宋时杭州城北有三道门,余杭门是其中一道。

"对酒"句:写月下独饮。化用李白《月下独酌》诗句:"举杯邀明月,对影成三人。"

姮娥:即嫦娥,月中女神。亦代指月。

画梁:比喻华美的建筑,此处指燕子巢居的处所。

赏析

熙宁七年（1074）三月底、四月初，苏轼任杭州通判，因赈济灾民而远赴润州，为寄托自己对继配王闰之的思念之情，写下此词。此词是作者假托妻子在杭思己之作，含蓄婉转地表现了夫妻双方的一往情深。上片以思妇的口吻，诉说亲人不当别而别、当归而未归。下片转写夜晚，着意刻画妻子对月思人的孤寂、惆怅。结尾三句写妻子在人间孤寂地思念丈夫，恰似姮娥在月宫孤寂地思念丈夫后羿一样。此词点化、熔铸前人诗句极妙。上片六句，化用《诗经·小雅·采薇》："昔我往矣，杨柳依依；今我来思，雨雪霏霏。"却又借用比喻，将飞雪与杨花挽在一起，用"雪似杨花""杨花似雪"分别衬托离家和当归不归的心情。下片化用李白《月下独酌》举杯邀月诗意。李白因寂寞而邀明月作伴，苏轼邀明月，却说闺人见月照屋梁，遂想到那是嫦娥自己孤单，故爱怜双燕而照耀之，刻画思妇心理曲折入微，写孤寂更深一层。

永遇乐

孙巨源以八月十五日离海州，坐别于景疏楼上。既而与余会于润州，至楚州乃别。余以十一月十五日至海州，与太守会于景疏楼上，作此词以寄巨源。

长忆别时，景疏楼上，明月如水。美酒清歌，留连不住，月随人千里。别来三度，孤光又满，冷落共谁同醉。卷珠帘、凄然顾影，共伊到明无寐。　　今朝有客，来从淮上，能道使君深意。凭仗清淮，分明到海，中有

宋 苏轼 枯木图

相思泪。而今何在，西垣清禁，夜永露华侵被。此时看，
回廊晓月，也应暗记。

孙巨源：名洙，苏轼友人。海州：今江苏连云港西南。景疏
楼：旧址位于海州东北的墟沟平山（一说位于海州），北宋时海
州通判石曼卿或其后任海州知州为仰慕汉宣帝时的"二疏"（太
子太傅疏广、太子少傅疏受）所建，被誉为淮南第一楼。

润州：今江苏镇江。楚州：今江苏淮安。孙巨源离海州后先
南游江苏一带，于十月间与离杭北赴密州的苏轼会于润州，苏轼

作《润州甘露寺弹筝》诗和《采桑子·润州多景楼与孙巨源相遇》词。二人同游扬州等地，至楚州分手。

十一月十五日：当为十月十五日，"一"为后人误加，因为海州在密州南四百余里，而苏轼十一月三日已到密州任。此指继知海州的陈太守（名不详）。

三度：指三度月圆。孙巨源八月十五日离海州，至苏轼十月十五日作此词，三见月圆。孤光：两人分手后的月光，在离人看来，月亮也是孤独的。

澛：水名，宋时自河南经安徽到萧县入泗水，此处代指汴京。使君：指孙巨源，甫卸知州任，故仍以旧职称之。以上三句谓客人带来孙巨源对自己的问候。

西垣：中书省（中央行政官署），别称西垣，又称西台、西掖。清禁：宫中。时孙任修起居注、知制诰，在宫中办公，故云。永：长。露华：露水。侵被：沾湿了被子。

赏析

这首词是苏轼在熙宁七年（1074）十月十五日到达海州不久后，为怀念友人孙巨源而作。熙宁七年秋，苏轼与好友孙巨源会于润州，有多景楼之游，随后二人同行到楚州。孙巨源应朝廷诏令，在这里从淮河入水乘船向汴京进发。而苏轼向东经由涟水到达海州，与新任海州太守陈太守会于景疏楼，苏轼便于席上作此词寄孙巨源，以表思念之情。词上片由设想巨源当初离别海州时写起，以月为抒情线索展开回忆，表达了词人对友人的怀念之情。下六句写别来三度月圆，而旅途孤单，无人同醉，唯有明月相共，照影无眠。词人这样着力刻画，表面上是映托巨源，实际上是写词人自己怀人之思。下片通过对周围景象的描写，更加渲染词人内心的思念以及回忆。过片三句点破引发词人遥思之因，因有客从滩上来，捎带了巨源对自己的问候深意，遂使词人更加痴情怀念。末五句设想巨源在西垣（中书省）任起居舍人官中值宿时情景，长夜无眠，孤清寂寞，"此时看，回廊晓月"，当起怀我之情。词人不说自己彻夜无眠，对月怀人，而说对方如此，仍是借人映己。全词开篇因见月而心生思念，结尾又假想友人见晓月而忆己，明月始，晓月终，明月流水的描写同双方的相互思念紧密结合，是苏词中怀人词的上乘佳作。

江城子

乙卯正月二十日夜记梦

十年生死两茫茫，不思量，自难忘。千里孤坟，无处话凄凉。纵使相逢应不识，尘满面，鬓如霜。　　夜来幽梦忽还乡，小轩窗，正梳妆。相顾无言，惟有泪千行。料得年年肠断处，明月夜，短松冈。

十年：指结发妻子王弗去世已十年。王弗卒于英宗治平二年（1065），距作者作此词时整十年。茫茫：遥远，模糊不清。

千里：王弗葬地四川眉山，与苏轼任所山东密州，相隔遥远，故称"千里"。孤坟：孟棨《本事诗·徵异第五》载张姓妻孔氏赠夫诗："欲知肠断处，明月照孤坟。"此处指苏轼妻王氏之墓。

幽梦：梦境隐约，故云幽梦。

小轩窗：指小室的窗前。轩，门窗。

短松冈：苏轼葬妻之地。短松，矮松。

赏析

　　这是一篇脍炙人口的悼亡名作，是苏轼在熙宁八年（1075）正月为悼念发妻王弗而作。王弗十六岁嫁给苏轼，生子苏迈，对苏轼温柔贤惠，夫妻琴瑟调和，甘苦与共，但很不幸她二十七岁就年轻殂谢。苏轼写下这首悼亡词表达对亡妻绵绵不尽的哀伤和思念。上片写词人对亡妻的深沉的思念，是写实。"不思量，自难忘"两句，看来平常，却出自肺腑，十分诚挚。"不思量"极似无情，"自难忘"则死生契阔而不尝一日去怀。这种感情深深地埋在心底，难以消除。真正的刻骨铭心，从来不会形诸口口声声的忘不了，只会默默埋藏于方寸之间那块柔软之地。思念，就像潜流于地表之下的暗河，在无声无息中默默流淌。下片记述梦境，抒写了词人对亡妻执着不舍的深情。梦中词人回到故宅，来到两人一起居住过的地方。一切都是那么熟悉，那树、那走廊、那小窗，竟然还有在窗前梳妆打扮的爱妻！由于思念深切，词人仿佛忘记了妻子已经去世，仍然以为她还活着，设想他们重逢，互相对话，这种抹杀了生死界限的痴语，是深情之语，令人读之心弦震颤。全词情意缠绵，字字血泪，被古今词评家誉为千古第一悼亡词。唐圭璋《唐宋词简释》评曰："真情郁勃，字字沉痛，而音响凄厉，诚后山（陈师道）所谓'有声当彻天，有泪当彻泉'也。"

水调歌头

丙辰中秋，欢饮达旦，大醉，作此篇，兼怀子由。

明月几时有？把酒问青天。不知天上宫阙，今夕是何年。我欲乘风归去，又恐琼楼玉宇，高处不胜寒。起舞弄清影，何似在人间？　转朱阁，低绮户，照无眠。不应有恨，何事长向别时圆？人有悲欢离合，月有阴晴圆缺，此事古难全。但愿人长久，千里共婵娟。

达旦：到天亮。

把酒：端起酒杯。把，执、持。李白《把酒问月》诗："青天有月来几时，我今停杯一问之。"

弄清影：意思是月光下的身影也跟着做出各种舞姿。弄，赏玩。

何似：何如，哪里比得上。

"转朱阁"三句：月儿移动，转过了朱红色的楼阁，低低地挂在雕花的窗户上，照着没有睡意的人（指词人自己）。朱阁，朱红的华丽楼阁。绮户，雕饰华丽的门窗。

"不应有恨"二句：（月儿）不该（对人们）有什么怨恨吧，为什么偏在人们分离时圆呢？何事，为什么。

此事：指人的"欢""合"和月的"晴""圆"。

赏析

　　熙宁九年（1076）中秋节，苏轼在超然台上饮酒赏月，怀念弟弟子由，作此词。这首被誉为咏月绝唱的中秋词是苏轼的名篇之一，古往今来，传唱不歇。宋人胡仔《苕溪渔隐丛话》后集云："中秋词自东坡《水调歌头》一出，余词尽废。"确非虚言。全词的主题是怀人。上片用浪漫主义手法写望月：明月皎皎照彻天上和人间，天上是孤寒一片，人间却是相思之情难解难分。"我欲乘风归去"是说自己希望像仙人一样，摆脱世俗的羁绊，飞升到广袤无垠的仙界，体现了作者在仕途上受挫后的郁闷情绪。"高处不胜寒"是在规劝人们不要以为身处仙境之中就可以万事顺遂，人既为万物之灵，就要真真切切地领悟人生的痛苦和真谛。下片怀人，即兼怀子由，由中秋的圆月联想到人间的离别，同时感念人生的离合无常。人生并非没有憾事，悲欢离合即为其一。自古以来世上就难有十全十美的事。既然如此，又何必为暂时的离别而感到忧伤呢？"但愿人长久，千里共婵娟。"既然人间的离别是难免的，那么只要亲人长久健在，即使远隔千里也还可以通过普照世界的明月把两地联系起来，把彼此的心沟通在一起。苏轼此词中表现出的善于圆融地自我解脱的达观襟怀，关于人生、自然、宇宙的睿智思考，以审美观照的态度来对待现实和人生的精神，成就了这篇千古绝唱。

西江月

平山堂

三过平山堂下，半生弹指声中。十年不见老仙翁，壁上龙蛇飞动。　　欲吊文章太守，仍歌杨柳春风。休言万事转头空，未转头时皆梦。

平山堂：在扬州大明寺侧，欧阳修所建。

弹指：捻弹手指作声。佛教名词，佛家多以喻时间短暂。

老仙翁：指欧阳修。苏轼于熙宁四年（1071）于扬州谒见欧阳修，至此为九年，十年盖举成数。

龙蛇飞动：指欧阳修在平山堂壁留题之墨迹。

文章太守、杨柳春风：欧阳修词《朝中措》："平山栏槛倚晴空，山色有无中。手种堂前垂柳，别来几度春风。文章太守，挥毫万字，一饮千钟。行乐直须年少，樽前看取衰翁。"

未转头时皆梦：白居易《自咏》："百年随手过，万事转头空。"此翻进一层，谓未转头时，已是梦幻。

赏析

平山堂位于扬州西北的大明寺侧，乃欧阳修于仁宗庆历八年（1048）知扬州时所建。神宗元丰二年（1079）四月，苏轼自徐州调知湖州，生平第三次经过平山堂。这时距苏轼和其恩师欧阳修最后一次见面已达九年，而欧阳修也已逝世八年。适逢自己政治处境艰难，苏轼为重游故地、缅怀恩师而作的这首词，自然会有抚今追昔的万千感慨。上片围绕自己三次来到平山堂游欧公故迹说起，前后已经十年了，时光之速，宛如弹指，这是对人生易老的感慨。"三过平山堂下"实质上浓缩了苏轼近十年间南迁北调的动荡生涯，此时四十二岁的苏轼，顿生弹指之间半生倏忽已过的感慨。近十年的人生跨度中，自己固然已蹉跎岁月，尊敬的恩师欧阳修亦已仙逝，而堂上仍留有他遒劲的手迹，更让人心生缅怀之念。下片巧妙地利用欧阳修的旧作对逝者进行凭吊，再次强调文章对士子的重要性，道出缅怀之情。末二句对白居易"万事转头空"的名句做了更进一步的阐释：人生不过是梦幻一场，没有必要患得患失，真正重要的不是当世的名利地位，而是在历史的长河中可以名垂千古的文章。

南歌子

感旧

寸恨谁云短，绵绵岂易裁。半年眉绿未曾开，明月好风闲处是人猜。　　春雨消残冻，温风到冷灰。尊前一曲为谁回，留取曲终一拍待君来。

感旧：感慨已了之旧事，此指"乌台诗案"。词人不堪回首，让它成旧事过去吧！人生苦短，为欢几何？且尽樽前之杯，并留

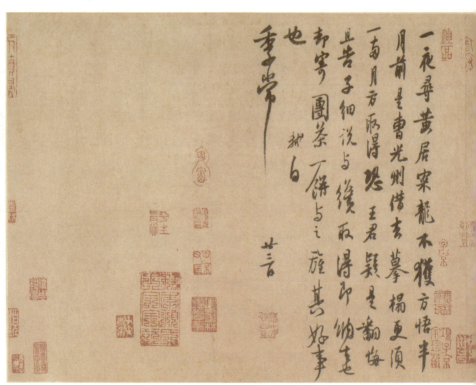

宋　苏轼　一夜贴
又名《致季常尺牍》，是苏轼谪居黄州时写给朋友陈常季的信札。

曲一拍，以待亲人（指继配王闰之）其来也。

寸恨：轻微的愁怅。绵绵：连续不断的样子。岂易：难道容易。裁：剪断。

眉绿：深色的眉。眉，女子的代称，这里指王闰之。

闲处：僻静的地方。是人：人人，任何人。猜：猜疑。

残冻：尚未消除的冬寒。温风：和暖的风。冷灰：冷灶。这里代指贫苦生活。

留取：保存。一拍：一首吟咏曲子。

赏析

苏轼因"乌台诗案"被贬居黄州，于元丰三年（1080）二月抵黄州。该词是苏轼在黄州怀念继配王闰之所作。上片开头两句"寸恨谁云短，绵绵岂易裁"点化运用了韩愈《感春五首》"孤吟屡阕莫与和，寸恨至短谁能裁"和白居易《长恨歌》"天长地久有时尽，此恨绵绵无绝期"，将双方隐隐的恨怅和剪不断的思念情丝吐于字里行间。"半年眉绿未曾开"，是说自从词人因"乌台诗案"入狱离开王闰之，到次年抵达贬所黄州，正好是半年时光。而在家担惊受怕的妻子闰之，这半年的愁眉怎么能展开。"明月好风闲处，是人猜"，写闰之僻居一隅，只有明月、清风作伴，任何人也无法猜透她此时此刻思夫的心情。一个"猜"字，将闰之思夫的心态传达得十分贴切。下片开头"春雨消残冻，温风到冷灰"，通过对偶句写自然界的变化，隐喻着闰之面临着的将是与词人重逢的良辰美景，也表现出作者对妻子到来的殷切期待。"留取曲终一拍，待君来"再进深一层，词人将用保存着的那尚未吟咏完的一曲欢歌迎接妻子的到来，再一次表现出词人对妻子的思念，希望妻子能为他排遣剪不断、理还乱的寸恨。

江城子

大雪，有怀朱康叔使君，亦知使君念我也，作此以寄之。

黄昏犹是雨纤纤。晓开帘，欲平檐。江阔天低，无处认青帘。孤坐冻吟谁伴我，揩病目，捻衰髯。　　使君留客醉厌厌。水晶盐，为谁甜。手把梅花，东望忆陶潜。雪似故人人似雪，虽可爱，有人嫌。

朱康叔使君：《宋史·孝义传》记载，朱寿昌字康叔，扬州天长（今江苏天长）人，以孝闻天下。因在鄂州（今属湖北武汉）为太守，清正爱民，故尊称为"使君"。苏轼贬居黄州，与朱寿昌书信往来甚密，成为至交。朱在西，苏在东。

雨纤纤：细雨长丝的样子。晓：早晨。欲平檐：形容地上雪很厚，欲同屋檐相齐。

青帘：青布做的招子，指酒旗。

捻衰髯：以手指揎搓衰老的胡须。形容作词时字斟句酌的样子。

厌厌：指饮酒时欢乐、沉醉的样子。水晶：极言珍贵。甜：指美味。

赏析

此词作于元丰四年（1081）十二月。苏轼被贬黄州将近一年，与鄂州太守朱寿昌书信往来密切。是年大雪，苏轼非常怀念朱寿昌，作此词以寄情。苏轼怀人词作，常常由自己思人而起，然后自然引入友人思念自己的想象之中，情意委婉、百转千回。这首词也是一首缠绵悱恻的怀人词。词的上片写昨晚雨，今朝雪，天寒地冻，词人倍觉衰病与孤独寂寞。"江阔天低，无处认青帘"，是描写自己思念对方。"孤坐冻吟谁伴我，揩病目，捻衰髯"，写现在的我孤单地坐唱词曲，有谁来陪伴我呢？我也只能揉着自己无神的老眼，捻着衰白的胡须了。这三句从动作到外形，词人将自己枯索落寞的样子刻画得淋漓尽致。下片以自我心态反衬，抒发对挚友的深切思念之情。"手把梅花，东望忆陶潜"，是想象友人怀念自己。"雪似故人人似雪"三句，写与旧日朋友的情谊就像眼前漫天飞舞的雪花一样纯洁。而人生也和雪花一样飘忽不定，零落成泥。这三句包含了词人对自己人生波折的感叹，尤其是"雪似故人人似雪"这一句，总结了与故人之交的真挚无瑕，同时也生发出人生无常不定的感叹。

水龙吟

闾丘大夫孝终公显尝守黄州，作栖霞楼，为郡中胜绝。元丰五年，余谪居于黄。正月十七日，梦扁舟渡江，中流回望，楼中歌乐杂作。舟中人言：公显方会客也。觉而异之，乃作此词。公显时已致仕在苏州。

小舟横截春江，卧看翠壁红楼起。云间笑语，使君高会，佳人半醉。危柱哀弦，艳歌余响，绕云萦水。念故人老大，风流未减，独回首、烟波里。　　推枕惘然不见，但空江、月明千里。五湖闻道，扁舟归去，仍携西子。云梦南州，武昌南岸，昔游应记。料多情梦里，端来见我，也参差是。

闾丘大夫孝终公显：闾丘孝终，字公显，曾任黄州知州。致仕后归苏州故里。

栖霞楼：黄州旧楼名，间丘孝终知黄州时重新整修。

翠壁：青绿色的墙壁。红楼：栖霞楼。

使君高会：指知州正与僚属们举行宴会。

危柱哀弦：指乐声凄绝。柱，筝瑟之类乐器上的枕木。危，高。谓定音高而厉。

"艳歌"二句：用秦青"响遏行云"典。《列子·汤问》："薛谭学讴于秦青，未穷青之技，自谓尽之；遂辞归。秦青弗止。饯于郊衢，抚节悲歌，声振林木，响遏行云。薛谭乃谢求反，终身不敢言归。"

故人老大：指间丘知州的年纪很大。

"五湖"三句：相传范蠡相越平吴之后，携西施，乘扁舟泛五湖而去。这里借此想象公显致仕后的潇洒生涯。

云梦南州：指黄州，因其在古云梦泽之南。武昌南岸：黄州南岸的武昌。武昌在宋代为鄂州，与黄州隔江相望。

端来：准来，真来。参差：依稀、约略。

赏析

《水龙吟》作于元丰五年（1082）正月，苏轼时年四十五岁。熙宁七年（1074）五月，苏轼曾在苏州饮于旧友间丘孝终大夫家。贬居黄州后，必然忆起公显曾守黄州旧事，作此词以怀念之。上片，写梦中所见的幻境。开头两句，以景入题。不直说梦中所见"小舟"横渡，"翠壁红楼"，而用"卧看"二字，逼真传神道出梦境。紧接着用了六个排比句子描绘梦中间丘知州在栖霞楼"歌乐杂作"的高会情景，宴饮歌舞盛况画面，历历在目。后四句，过渡到由梦而醒，梦醒更怀友。下片写醒后对梦境的回味。引用越相范蠡功成后携带西施游五湖的典故，以慰藉间丘太守过着美好的归隐生活。短短十六字，这一富有浪漫主义情调的传说，恰好与上片的"红楼""高会"的梦境吻合，烘托了闾丘公显的超然放旷的真性情。中间"云梦南州，武昌南岸，昔游应记"数句运用追忆之笔，进一步回味公显昔日守黄州的风流韵事。最后三句，想象"故人"在梦中来寻访自己，实际上寄托了词人的深沉怀念。刘乃昌《东坡词论丛》评此词："全篇只就梦中、梦后娓娓动听地依次写来，不明言怀友，而怀友之情，寄托于叙事，充溢于言表。"可谓得其真味。

定风波

余昔与张子野、刘孝叔、李公择、陈令举、杨元素会于吴兴。时子野作六客词，其卒章云："见说贤人聚吴分，试问，也应旁有老人星。"凡十五年，再过吴兴，而五人者皆已亡矣。时张仲谋与曹子方、刘景文、苏伯固、张秉道为坐客，仲谋请作后六客词。

月满苕溪照夜堂，五星一老斗光芒。十五年间真梦里，何事，长庚配月独凄凉。　　绿发苍颜同一醉，还是，六人吟笑水云乡。宾主谈锋谁得似，看取，曹刘今对两苏张。

张子野：张先，字子野，湖州人。刘孝叔：刘述，字孝叔，湖州人。李公择：李常，字公择，江西建昌人。陈令举：陈舜俞，字令举，湖州人。杨元素：杨绘，字元素，蜀中绵竹人。吴兴：浙江湖州郡名，位于苕溪下游，濒临太湖。

时子野作六客词：即张先所作《定风波令》。

凡十五年，再过吴兴：苏轼第一次与张先、刘述等六人聚会在熙宁七年（1074），自杭州通判改知密州途中。至今元祐六年（1091），实际已隔十七年。

五人者皆已亡："前六客"中，张先、刘述、李常、陈舜俞、杨绘五人，均在元祐六年以前亡，故云。

张仲谋：张询，此时为湖州知州。曹子方：曹辅，字子方。刘景文：刘季叔，字景文，开封人。苏伯固：苏坚，字伯故。张秉道：张弼，字秉道，杭州人，与苏轼交往甚密。

仲谋请作《后六客词》：张询请求苏轼作《后六客词》，即本词《定风波》。

苕溪：水名。此水有二源：出浙江天目山之南者为东苕，出天目山之北者为西苕。夹岸多苕，秋后花飘水上如飞雪，故名。

五星一老：指金木水火土五颗星和南极老人星。此处五星喻指刘述、李常、陈舜俞、杨绘和苏轼，南极老人星喻指张先。

长庚：亦作"长更"。古代指傍晚出现在西方天空的金星。亦名太白星、明星。此处是苏轼自比。

绿发苍颜同一醉：指年轻人与老年人一同畅饮。

水云乡：水云弥漫，风景清幽的地方。多指隐者游居之地。苏轼《南歌子·别润守许仲涂》词："一时分散水云乡，惟有落花芳草断人肠。"江南地卑湿而多沮泽，故谓之水云乡。

谈锋：言谈的锋芒、劲头。

曹刘：曹操、刘备的并称。此处指曹辅和刘述二人。两苏张：苏张本指战国时的苏秦和张仪，这里指苏轼、苏坚、张询和张弼。

赏析

此词乃作者元祐六年（1091）三月作于湖州，表达对故人张先等人的缅怀之情。张先晚年以耄耋高龄游历于杭州、湖州之间时，恰与在当地为官的苏轼成为忘年之交（张先较苏轼年长四十七岁之多），两人之间交往甚笃，诗词酬和颇多，其中有两人跨度十五年之久的前后"六客词"两首，堪称一段词坛佳话。熙宁七年（1074），苏轼罢杭州通判，知密州知州，张先与杨绘、陈舜俞三人约，相送苏轼，并同访李常、刘述于吴兴（湖州），张先即席写下一首《定风波令》，史称"前六客词"。元祐六年（1091），苏轼除龙图阁学士再知杭州，会张询、曹辅、刘景文、苏坚、张弼于吴兴时，旧地重游，抚今追昔，忆起十五年前与张先等五人相聚场景，感念昔日五人均已亡故，写下另外一首《定风波》，史称"后六客词"，即本词作。词的上片写熙宁七年（1074）六人聚首吴兴的怀想和感慨：在十五年前月满苕溪的夜晚，词人与其余五客月下饮酒赋诗，侃侃而谈，与明月争光辉，文人雅集，何胜于此？一晃多年过去，依旧是吴兴苕溪的明月，然而当年的友人却都已离去，只剩下自己孤独地面对那轮明月。"长庚对月独凄凉"，缅怀逝友之情跃然纸上。下片收敛思念之情，回到现实，情绪为之一振。同样令人陶醉的夜晚，苏轼与五位年龄不同却同样有高洁境界的友人，纵横捭阖，高谈阔论，吟诗笑语，拼却一醉，重新再现十几年后又一次美好的文人雅集盛宴。

满江红

怀子由作

清颍东流，愁目断、孤帆明灭。宦游处、青山白浪，万重千叠。孤负当年林下意，对床夜雨听萧瑟。恨此生、长向别离中，添华发。　　　一尊酒，黄河侧。无限事，从头说。相看恍如昨，许多年月。衣上旧痕余苦泪，眉间喜气添黄色。便与君、池上觅残春，花如雪。

　　子由：苏辙时在京任尚书右丞，居东府。

　　清颍：颍水，源出河南登封西南，东南流经禹州，至周口，合贾汝河、沙河，在颍州附近入淮而东流。

　　"孤负"二句：写兄弟风雨之夜相聚谈心的乐趣。苏辙《逍遥堂会宿二首》并引："辙幼从子瞻读书，未尝一日相舍。既壮，将游宦四方，读韦苏州（应物）诗，至'安知风雨夜，复此对床眠'，恻然感之。乃相约早退，为闲居之乐。故子瞻始为凤翔幕府，留诗为别，曰'夜雨何时听萧瑟'。"凤翔至是时已三十年，仍未实现"对床夜语"的愿望，故曰"孤负"。孤负，辜负。林下意，指相约退出官场，过退隐生活。萧瑟，指雨声。

　　"一尊酒"二句：此时苏辙在黄河边的汴京，故苏轼向黄河侧遥举一杯酒，表示祝福。尊，酒杯。

　　"眉间"句：谓眉间出现黄色，有即将归去的征兆。韩愈《郾城晚饮》："眉间黄色见归期。"

赏析

　　元祐六年（1091）八月，苏轼作此词于汴京赴颍州途中，表达对子由的思念之情和自己的退隐之意。苏轼知颍州前，一度在京任翰林学士知诏诰，兼侍读。此次再次遭到政敌攻击，改求外任。同时，苏轼与苏辙也有很长一段日子不相见。而他们兄弟之间的感情非常深厚，不相见时经常有诗词互相怀念。著名的《水调歌头》（明月几时有）就有"兼怀子由"的目的。但作《水调歌头》时苏轼还只有三十九岁，正值中年，豪气未除，纵横挥洒，词写得

萐間省識湖州筆慣學
瀟湘十萬竿獨有東坡
餘意只一枝兩葉話平安
乙亥仲春御題

軾

宋　蘇軾　墨竹圖

旷达高远，顾盼自雄。而此时苏轼已经五十四岁，饱经忧患，渐露出暮年光景来。虽兄弟之情依然如故，甚至系念更加殷切，但终究豪气消磨殆尽，无复往日情怀，所以词中便时时流露出倦意，染上归隐色彩。词的上片即景抒情，抒发了对兄弟之间长期不得相见的深深感慨和对弟弟的深切怀念。"孤负当年林下意，对床夜雨听萧瑟。"苏轼与苏辙从小一同读书，形影不离。成年之后，不得已而分手仕宦四方，分手前，曾有感于韦应物的"那知风雨夜，复此对床眠"诗句，相约以后早退，共享闲居之乐。这两句充满了词人对官场的厌倦和对兄弟的思念之情，意境清幽而浪漫，从中可见词人内心深处的高情雅致。下片写梦境，希望能有机会到京城与弟弟见上一面，并想象兄弟相会汴京的欢悦情景。"尊酒"晤谈，把臂"相看"，以至同"觅残春"，全由具体细节编织而成，却又全是写的梦境。一半抒情，一半写实，抒情全是实情，写实却是梦境，构成了这首词独特的章法。

木兰花令

次欧公西湖韵

霜余已失长淮阔，空听潺潺清颍咽。佳人犹唱醉翁词，四十三年如电抹。　　草头秋露流珠滑，三五盈盈还二八。与余同是识翁人，惟有西湖波底月。

次韵：依次用所和诗的韵作诗，也称为步韵。欧公：指欧阳修。欧阳修曾于仁宗皇祐元年（1049）知颍州，题咏颇多。西湖：颍州西湖，南北长十里，东西宽二里，林木葱郁，为颍州名胜。

长淮：淮河。此处指秋天的淮水日浅，失去了原来宽阔的河面。

清颖：指颍河，颍水，为淮河重要支流。

佳人：颍州地区的歌女。醉翁词：指欧阳修在颍州做太守时，所写的歌咏颍州西湖的一些词。四十三年：欧阳修皇祐元年（1049）知颍州时作《木兰花令》词，到苏东坡次韵作此篇时正好四十三年。电抹：如一抹闪电，形容时光流逝之快。

三五：指阴历十五日。盈盈：美好的样子。二八：指阴历十六日。这里指的是月亮。

"与余同是识翁人"二句：和我一样认得欧公的，只剩下西湖水波下面的月光了。欧阳修卒于熙宁五年（1072），至今已过去将近二十年。

赏析

这首词作于元祐六年（1091）秋季苏轼任颍州知州时，以怀念恩师欧阳修为主题。苏轼当年京都应试时，欧阳修为主考官，对其文章十分赏识，录为第二名，曾说："老夫当避此人，放出一头地。"又说："更数十年后，后世无有诵吾文者。"欧阳修的器重和期望，鼓舞着苏轼终于在诗、词、散文的创作上几乎都取得了独步天下的成就。苏轼和欧阳修师生情深，来到颍州游览西湖之时，他想起往日欧公所吟西湖之词，遂步其韵和作此首词。上片先写词人泛舟颍河时触景生情，接下来一句"佳人犹唱醉翁词，四十三年如电抹"，听到颍州的歌妓还在传唱着欧阳修的西湖词，不禁颇感时光如电光闪过，四十三年一下子就过去了。下片体例与上片基本一致，均为由景及情。"草头秋露流珠滑，三五盈盈还二八"，在写景中寄寓着时光流逝、人事变迁的深沉感慨；结句"惟有西湖波底月"既唤起对当年欧公游赏西湖的联想，又表现出怀念欧公的沉哀深悲。全篇笔笔思念，却无一思念字，凄凉、沧桑、感慨、无奈，对故人的思念之情，与西湖秋水连成一片，读之令人凄咽。

木兰花令

宿造口闻夜雨寄子由才叔

梧桐叶上三更雨，惊破梦魂无觅处。夜凉枕簟已知秋，更听寒蛩促机杼。　　梦中历历来时路，犹在江亭醉歌舞。尊前必有问君人，为道别来心与绪。

造口：又名皂口，在江西万安西南六十里处，有皂口溪入赣江。才叔：张庭坚，广安军人。

簟：竹席。蛩：蟋蟀，又名促织。知秋：唐庚《文录》："唐人有诗云：'山僧不解数甲子，一叶落知天下秋。'"机杼：织布机与梭子，这里代指织布。

历历：清晰可见。犹在江亭：《紫薇诗话》：绍圣初，苏子由罢门下侍郎知汝州。时苏轼往游龙兴寺，至华严殿观子由新修吴道子画壁。苏轼与子由"江亭醉歌舞"当在此时。

尊：通"樽"，酒杯。此二句意谓子由尊前倘若有人询问，可向他说我们别后朝夕不忘、梦中犹记的痛苦心情。

赏析

此词作于哲宗绍圣元年（1094）八月。是时苏轼由定州贬往英州未至又贬惠州。途中，经江西虔州上惶恐滩，登郁孤台，夜宿造口。三更半夜被雨惊醒，即怀思古幽情，陈处境之凄凉，寄兄弟之深情。上片写景，借深夜时分的清冷表达对弟弟离别后的思念愁苦。夜半三更，雨声惊起沉睡中的词人，夜的微凉，蟋蟀的叫声，从感觉和听觉上渲染了此时他内心的凄凉。下片回忆来时路上的美好。苏轼遭贬到惠州，路途遥远，一路上风尘仆仆，所见所闻都历历在目，到现在，他还仿佛置身在与亲友离别时的宴席上，享受着宴席上的歌舞美酒。在酒席上，与亲友话离别，诉说着离愁别绪。全词点化运用前人诗句，巧妙地传达了忆弟之离情别苦，寓情于景、于物有情。

雨中花慢

　　嫩脸羞蛾因甚，化作行云，却返巫阳。但有寒灯孤枕，皓月空床。长记当初，乍谐云雨，便学鸾凰。又岂料正好，三春桃李，一夜风霜。　　丹青易画，无言无笑，看了漫结愁肠。襟袖上，犹存残黛，渐减余香。一自醉中忘了，奈何酒后思量。算应负你，枕前珠泪，万点千行。

　　羞蛾：蛾眉，形容女子美丽的眉毛。

　　"化作"二句：语出宋玉《高唐赋》："妾在巫山之阳，高丘之阻。旦为朝云，暮为行雨，朝朝暮暮，阳台之下。"朝云之名亦出于此，苏轼比朝云为巫山神女。又指朝云仙逝，化作彩云返回巫山之阳。

　　云雨：巫山云雨。鸾凰：鸾凤和鸣，形容夫妻恩爱。

　　"又岂料"二句：意谓朝云随苏轼到惠州，才度三个春秋，便遭病亡故。三春，三年。

　　丹青：朝云的画像。

黛：青黑色的颜料，古代女子用来画眉。此写词人睹物思人。

赏析

　　绍圣三年（1096）初秋，朝云病逝，苏轼在悲痛之中难以自拔，写下这首《雨中花慢》。暮年的苏轼，独自对着"寒灯孤枕，皓月空床"，看到心爱之人遗物上留下的粉黛之迹，不禁愁肠百结，黯然神伤。他想借酒醉来忘却悲痛，可酒醒之后，思念重返心头，沉重得让人喘不过气来。"丹青易画"之句，说明苏轼本想再现朝云的遗容，可是画儿"无言无笑，看了漫结愁肠""襟袖上，犹存残黛，渐减余香"之语，仿佛引出了"真态香生谁画得"之叹，再度涌上他的心头，于是放弃作画，再写一首慢词，表达他们之间的意长情长。这首词的上片极为重要，除了"化作行云，却返巫阳"和"但有寒灯孤枕，皓月空床"是心中情、眼前景外，其余话语，全是对往昔的追忆。"嫩脸羞蛾"，是朝云最初被他宠爱时的神态，"乍谐云雨，便学鸾凰"，则是二人缠绵恩爱、连枝偕飞时的情景。尤为关键的是"又岂料正好，三春桃李，一夜风霜"，既指心爱的朝云在岭南才历三个年头，便被风霜瘴疫所摧毁，又暗含当初朝云来到作者身边三年之后，被他收房的往事。下片写丹青描容、睹物思人。作者想通过丹青把朝云永远留住，又见朝云遗物上之"残黛""余香"，犹忆爱妾生前之深情，殷殷难以忘怀，此时只能以"枕前"那"万点千行"之"珠泪"，表示不负君也。"一自醉中忘了，奈何酒后思量"与《江城子》悼王弗之"不思量，自难忘"同样感人肺腑，同样有声当彻天，有泪当彻泉。朝云之后，苏轼的生命中没有再出现与他亲密的女子，直到老死。

卷四

送别篇：迎客西来送客行

昭君怨

金山送柳子玉

　　谁作桓伊三弄，惊破绿窗幽梦。新月与愁烟，满江天。　　欲去又还不去，明日落花飞絮。飞絮送行舟，水东流。

　　金山：位于江苏镇江，宋时为长江中岛屿，现已与长江南岸相连。柳子玉：柳瑾，字子玉，北宋书法家，其子为苏轼堂妹婿。

　　桓伊三弄：桓伊，字叔夏，小字子野。东晋时音乐家，善吹笛，为江南第一。典出《世说新语·任诞》。桓伊三弄指吹了三个曲调，这里借指笛声。

　　绿窗：罩有碧纱的窗子，诗词中多指女子居室。

　　欲去又还不去：欲去还留恋，终于不得不去。

赏析

　　这首词作于熙宁七年（1074）二月，是苏轼为送别柳子玉而作。子玉是润州丹徒（今江苏镇江）人，其子仲远为苏轼堂妹婿，两人既是姻亲又是朋友。熙宁六年（1073）十一月，苏轼时任杭州通判，赴常州、润州一带赈饥，子玉赴怀守之灵仙观，二人结伴而行。次年二月，苏轼金山送别子玉，遂作此词以赠。词上片写送别情景，以景色作为笛声的背景，情景交融地渲染出送别时的感伤氛围。开篇写笛声惊醒梦境，以典故"桓伊三弄"表现两位名士风流意态，继之借"新月与愁烟，满江天"这样朦胧凄迷的景物烘染离愁别绪。下片设想次日友人乘舟远去情景，落花、飞絮、行舟、流水织成一幅富于情韵与动态的送行图画。"飞絮"意象叠用犹妙，以其在形态上飘忽不定、空虚轻灵、不可捕捉，但又无限扩散，弥漫整个宇宙，以象征人世的漂泊不定，表达了迷蒙怅惘、拂之不去的眷恋之情，大大扩展了离情别绪的空间。

江城子

孤山竹阁送述古

翠蛾羞黛怯人看。掩霜纨，泪偷弹。且尽一尊，收泪听阳关。漫道帝城天样远，天易见，见君难。　　画堂新创近孤山。曲阑干，为谁安。飞絮落花，春色属明年。欲棹小舟寻旧事，无处问，水连天。

孤山竹阁：唐代白居易在杭州任刺史时所建。述古：陈襄，字述古，号古灵先生，侯官（今福建福州）人。时述古由杭州太守调任南都（今河南商丘）太守。

翠蛾羞黛：蛾，指蛾眉。黛，指青黛，女子画眉颜料。翠、羞，形容其美好。此以翠蛾羞黛为美人的代称。

霜纨：指白纨扇。纨，细绢。

阳关：阳关曲，又叫阳关三叠，是唐时著名的送别歌曲。以王维《送元二使安西》诗为歌词者最为著名，有人将其分三叠反复叠唱。

漫：助词，有随意、任由等义。帝城：指南都，陈述古将由杭州调任商丘。

天易见，见君难：典出《晋书·明帝纪》，化用"举目则见日，不见长安"语，言再见到陈述古不容易了。

画堂：指孤山寺内与竹阁相连的柏堂。

属：同"嘱"，嘱托。

棹：船桨。这里作动词用，意为划船。

赏析

熙宁七年（1074），苏轼在杭州送别同僚兼好友陈襄而作此词。陈襄与苏轼交谊甚笃，二人都因反对王安石新法离朝外任。熙宁五年（1072），陈襄调知杭州，时苏轼为杭州通判，二人宴集酬唱，甚为相得。熙宁七年，陈襄调往南都（宋之南京，今河南商丘），僚友们为他举行了几次饯别宴会，苏轼在这段时间先后共作了七首送别陈襄的词，这是其中的一首。竹阁在杭州西湖孤山寺内，为唐代白居易在杭州任刺史时所建，故又称白公竹阁。苏轼与陈襄泛舟西湖，宴于孤山竹阁。宴会上有官妓歌舞侑觞，这首《江城子》是作者摹拟某妓语气，代她向陈襄表示惜别之意。上片描述歌妓饯别时的情景，首句表现她送别陈襄时的悲伤情态。她因这次离别而伤心流泪，却又似感羞愧，怕被人知道而取笑，于是用纨扇掩面而偷偷弹泪。她强制住眼泪，压抑着情感，唱起《阳关曲》，殷勤劝陈襄且尽离尊。下片描写歌妓的相思之情。孤山画堂，好景虚设，歌妓想象，如果风流太守不离任，或许还可同她于画堂之曲栏徘徊观眺。由此免不了勾起一些往事的回忆。结尾处歌妓想象她明年春日再驾小舟在西湖寻觅旧迹欢踪，只是人去楼空，物是人非，情事已经渺茫，"无处问，水连天"，唯有倍加想念与伤心而已。

南乡子

送述古

回首乱山横，不见居人只见城。谁似临平山上塔，亭亭，迎客西来送客行。　　归路晚风清，一枕初寒梦不成。今夜残灯斜照处，荧荧，秋雨晴时泪不晴。

不见居人只见城：取自唐欧阳詹《初发太原途中寄太原所思》中的"驱马觉渐远，回头长路尘。高城已不见，况复城中人"。此谓见城不见人（指述古），稍作变化。

临平山：在浙江杭州境内。四周平旷，无高山峻岭。临平塔时为送别的标志。亭亭：高远耸立的样子。

荧荧：既指"残灯斜照"，又指泪光，比喻贴切新颖。这里指残灯照射泪珠的闪光。泪不晴：将泪比为雨，故曰"泪不晴"。

赏析

熙宁七年（1074）七月，陈襄移守南都，苏轼追送其至临平，写下了这首情真意切的送别词。词的上片回叙分手后回望离别之地临平镇和临平山，抒写了对往事无限美好的回忆和对友人的依恋之情。起首两句写词人对陈襄的离去恋恋不舍，一送再送，直到回头不见城中的人影。接下来三句写临平山上的塔，那亭亭伫立的高塔似乎在翘首西望，不忍郡守的调离。"谁似"二字，既意喻词人不像亭亭耸立的塔，能目送友人远去而深感遗憾，又反映了词人不像塔那样无动于衷地迎客西来复送客远去，而为友人的离去陷入深深的哀伤之中。下片写词人归途中因思念友人而夜不成眠。晚风凄清，枕上初寒，残灯斜照，微光闪烁，这些意象的组接，营造出清冷孤寂的氛围，烘托了作者的凄凉孤寂心境。

末句"秋雨晴时泪不晴"，用两个"晴"字把雨和泪联系起来，加强了作者思念之苦。

南乡子

和杨元素，时移守密州

　　东武望余杭，云海天涯两渺茫。何日功成名遂了，还乡，醉笑陪公三万场。　　不用诉离觞，痛饮从来别有肠。今夜送归灯火冷，河塘，堕泪羊公却姓杨。

　　杨元素：杨绘，字元素。熙宁七年（1074）七月接替陈襄为杭州知州。

　　东武：隋代称密州州治诸城为东武，这里沿用旧名。余杭：杭州。

　　"醉笑"句：唐李白《襄阳歌》："百年三万六千日，一日须倾三百杯。"此化用其意。

　　灯火冷：指灯光稀落。河塘：指沙河塘，在杭州城南五里，宋时为繁荣之区。

　　"堕泪"句：《晋书·羊祜传》记载，羊祜为荆州督。其后襄阳百姓于祜在岘山游息之处建庙立碑，岁时享祭，望其碑者，莫不流涕。杜预因名之为"堕泪碑"。这里以杨绘比羊祜，"羊""杨"音近，称颂杨元素是一位有高尚情操的地方官。

赏析

　　熙宁七年（1074）七月，杨元素接替陈襄为杭州知州。甫到杭州，旧友相逢不过两月，九月，苏轼即由杭州通判调为密州知州，杨元素为他饯别，席间苏杨二人互相唱词对酬。词的上片想象与友人两地相望的情景以及功成还乡的愿望，表达别后思念之情。"东武望余杭，云海天涯两渺茫"，起句便写他日密州杭州相隔天涯，相望渺茫，颇有黯然别情，表达别后思念之情。苏轼此次到密州是升迁，而第二句也很明显，何日功成名就，这是苏轼的抱负。功成名就遂了心愿，衣锦还乡的时候与君畅饮。表达了诗人胸怀大志，对未来的向往之情。下片表示不以世俗的方式来表达离情别绪，并写出了对友人的赞赏之情。"不用诉离觞，痛饮从来别有肠。"劝好友不必戚戚于黯然离别之情，从来分别都是难过却无法避免的，同时也表现了词人豁达的心胸。

醉落魄

苏州阊门留别

苍颜华发，故山归计何时决？旧交新贵音书绝，惟有佳人，犹作殷勤别。　　离亭欲去歌声咽，潇潇细雨凉吹颊。泪珠不用罗巾浥，弹在罗衫，图得见时说。

阊门：又名阊阖门。春秋末期，伍子胥始筑吴都（今江苏苏州），阊门是这座城池"气通阊阖"的首门。

故山：指故乡。归计：回乡的打算。

旧交新贵音书绝：言困厄之时，新贵们虽为旧交，书信早已断绝。

佳人：苏州歌妓。殷勤：热情而周到。

离亭：古时驿路边设有亭舍，所谓"十里五里，长亭短亭"（庾信《哀江南赋》），是供行人歇息之处，也是人们送别之处。凉：

寒冷。这里指寒风。

　　浥：沾湿。此指揩拭。

赏析

　　熙宁七年（1074），苏轼由杭州北上密州，途经苏州，苏州太守王海设宴招待，这是苏轼一年之中第三次过苏州。席上，有歌女不忍其离开，苏轼即席作《阮郎归》以赠。过数日，歌妓阊门送别，苏轼又作此词以赠。苏轼与苏州歌妓的交往不是一般文人的狎妓行为，而是具有文士之交的相知意味。这首赠妓词，摆脱了以往男子而作闺音、代他人抒情的框，融注了作者个人的身世感慨。上片先是直抒思乡之情，谓虽已"苍颜华发"，却是"故山归计"仍未决。以问句出之，见感慨更深。词人将歌妓视作自己沦落天涯时的知音，并通过"旧交新贵音书绝"与"惟有佳人，犹作殷勤别"的对比，显出歌妓不趋炎附势之品德。词人把自己的宦游漂泊与歌妓不幸的命运联系起来，同是天涯沦落人，同样有不幸的命运，在临别之际，依依不舍和惺惺相惜之情感人肺腑。下片继续写与佳人的惜别深情。歌妓以歌赠别，未歌先凄咽，以至于泣不成声。然而此时无声胜有声，着一个"咽"字说尽了佳人情深似海。结句化用武则天《如意娘》"不信比来长下泪，开箱验取石榴裙"诗意，劝佳人不用罗巾揾泪，任它洒满罗衫，等待再次相会时，以此作为相知相忆的见证。这既是劝慰佳人，也是自我宽解，今日洒泪相别，但愿后会有期。

明 仇英 竹院品古图
画的是苏轼与米芾等好友赏鉴古物文
玩的场景

减字木兰花

送赵令

春光亭下，流水如今何在也。岁月如梭，白首相看拟奈何。　　故人重见，世事年来千万变。官况阑珊，惭愧青松守岁寒。

赵令：赵昶，字晦之，名昶，本蜀人，因其父曾官南海（今广州），遂为南海人。时赵昶罢东武（今山东诸城）令归海州。令，古代官名，知县。

春光亭：疑指雩泉亭，在东武南二十里常山。苏轼有《雩泉记》。

流水如今何在：杜牧《题安州浮云寺楼寄湖州张郎中》诗："当时楼下水，今日到何处？"此指当年春光亭下，而今安在？大有岁月流逝、往事如烟之慨，故下有"岁月如梭"之语。

拟奈何：打算怎么办。

世事：暗示王安石变法。

官况阑珊：意谓出仕为官的热情淡漠了。况，况味，境况和情味。阑珊，衰落，即将残尽。

青松守岁寒：指青松耐寒冷，终岁不凋。语出《论语·子罕》："子曰：'岁寒，然后知松柏之后凋也。'"

赏析

熙宁八年（1075）冬，苏轼在密州送赵晦之罢诸城令归海州，感慨颇多，作此词。上片点明与赵晦之赏游春光亭。首句用杜牧《题安州浮云寺楼寄湖州张郎中》诗意，杜诗："去夏疏雨余，同倚朱阑语。当时楼下水，今日到何处？恨如春草多，事与孤鸿去。楚岸柳何穷，别愁纷若絮。"这里是说词人与赵晦之同游春光亭下，那亭下的流水如今已不知逝去到什么地方了，回忆起当年交游，情深谊厚。下片主要表达了对岁月如梭和世事变迁的无可奈何。词人在"故人"面前，倾诉着自己别后的仕宦坎坷经历，有如赵晦之的失官东武令和"三仕已之无喜愠"（苏轼《减字木兰花·送东武令赵昶失官归海州》）等遭遇，但自己则更为悲惨，"官况"可谓大起大落，几度挫折，正是"世事年来千万变"的反映。结句"惭愧青松守岁寒"，是说自己难能如青松耐守岁寒一般，而倍感惭愧。虽慨叹时光流逝，无奈"岁月如梭"，但是词意却隐含着"壮志难酬"和坚守职责、不惧磨难的积极内涵。读之令人肃然起敬。

满江红

正月十三日送文安国还朝

天岂无情，天也解、多情留客。春向暖、朝来底事，尚飘轻雪。君遇时来纡组绶，我应归去寻泉石。恐异时、杯酒忽相思，云山隔。　　浮世事，俱难必。人纵健，头应白。何辞更一醉，此欢难觅。欲向佳人诉离恨，泪珠先已凝双睫。但莫遣、新燕却来时，音书绝。

文安国：文勋，字安国，庐江人，官太府寺丞，工篆画。苏轼曾为他作《文勋篆赞》。

底事：何事，为何。

纡组绶：腰系绶带（官员系玉的丝带）。指做官。

归去寻泉石：指归老林泉。泉石，山水，这里指归隐之地。

浮世：变化不定的人世。难必：难以预料。

"但莫遣"二句：意谓不要让新燕飞来时，书信不来。

赏析

　　熙宁九年（1076），太府寺丞文安国因事来密州，苏轼与他虽是初次见面，却一见如故，深谈契机。正月十三日，文安国还朝，苏轼设宴相送而有此作。上片开篇描写春雪景象，借春雪留客吐露依依惜别之情，进而开始点明友人入朝任职，今后远隔云山将无缘相会。"天岂无情，天也解、多情留客。"这是借"天气"写"人情"，说天也懂得多情留客，那么，人意岂不比天意更切？不言己，而言天，这是借景抒情的极致，深婉而又自然之笔。"君过"四句转换角度，改从正面着笔。"纡组绶"点明友人入朝任职，表达对友人的衷心祝愿；"归去寻泉石"是词人对今后生活的自我设计，流露出对故乡和林下生活的向往。两者形成对照，表明今后升沉各异的趋势。下片词人以心中所参悟的人生感悟宽慰友人。人生在世就像浮萍一样沉浮不定，谁能知道你我今后是怎么样？即使今后会有举杯共饮之时，即使双方都健在，但恐怕那时我们都已白发苍苍，为何不好好再畅饮欢聚一番呢？由人事沧桑联想到年华易逝，暗含着后会难期的怅恨。歇拍两句化用南朝江淹《杂诗》三十首其二《拟李陵》中的诗句："袖中有短书，愿寄双飞燕。"回到送别友人的正题上来，希望友人要及时通信以慰相思，让离别之情的浓厚上升到极致，让人为之感叹不已。

江城子

别徐州

天涯流落思无穷。既相逢，却匆匆。携手佳人，和泪折残红。为问东风余几许，春纵在，与谁同？隋堤三月水溶溶，背归鸿，去吴中。回首彭城，清泗与淮通。欲寄相思千点泪，流不到，楚江东。

佳人：本指美丽的女子，此指留别词人的旧友，或作者身边的侍妾朝云。和泪折残红：流着泪折残留枝头的红花赠别。

隋堤：隋炀帝时开凿通济渠，以引汴水入黄河，连通淮水，并沿渠筑堤，后世称之为"隋堤"。溶溶：水满而流动的样子。

背归鸿：春天鸿雁北归，而苏轼此行与雁行相反，由徐州向南往湖州，故说是"背归鸿"。吴中：指湖州。古代江苏浙江一带称吴越之地。

彭城：徐州。清泗与淮通：泗水为淮水支流，在徐州与淮水汇流。

楚江：指长江。湖州在长江以南，属古江东之地。长江南边俗称江左，又叫江东。

赏析

元丰二年（1079）三月，苏轼由徐州调往湖州。这首词就是他在离徐后赴湖州途中写的，故曰"别徐州"，又题作"恨别"。苏轼是重情重义之人，他一生转徙各处，都与当地人结下深厚的友谊。每次离开，都会发自内心地生出一股留恋之情。这首词就是将积郁的愁思融入到景物之中，抒发了苏轼对徐州风物人情的留恋，以及对自己身世浮沉的感叹。上片先是感叹自己流落天涯，外任多年，多次被调动，才在徐州两年，又被派到湖州。而后感叹才与徐州友人相识，却骤然要分离。"天涯流落"句深寓词人的身世之感。"既相逢，却匆匆"两句写自己与徐州人士邂逅相逢的喜悦，骤然分别的痛惜，得而复失的哀怨。"携手"两句写他永远不能忘记自己最后离开此地时依依惜别的动人一幕。下片写离别后的境况。苏轼想象自己沿江而去，与归鸿方向相反，鸿雁飞回故居，他却要前往吴中湖州。实在不忍离去，于是频频回头望着徐州，直至远去。"背归鸿，去吴中"写途中之景，而意极沉痛。歇拍三句，托淮泗以寄泪，情真意厚，且想象丰富。楚江东流，又大有"自是人生长恨水长东"之意，感情沉痛，黯然销魂！

好事近

黄州送君猷

红粉莫悲啼，俯仰半年离别。看取雪堂坡下，老农夫凄切。　　明年春水漾桃花，柳岸隘舟楫。从此满城歌吹，看黄州阒咽。

君猷：徐大受，字君猷，时任黄州知州。

红粉：女子。此指为徐君猷送行的歌妓。俯仰：顷刻。此指徐君猷把家安置在黄州到离开为半年时间。

看取：看看。老农夫：词人自指。此时苏轼躬耕于东坡，故称老农夫。

春水漾桃花，柳岸隘舟楫：桃花瓣漂浮在水流之上，绿柳垂下无数枝条，好像挡住了船只的前行。

歌吹：歌舞吹弹。阗咽：喧闹。意谓黄州城百姓为知州徐君
猷庆贺的场面喧闹非凡。

赏析

　　元丰六年（1083）四月，徐君猷罢黄州任，五月，苏轼送别
徐君猷作《好事近》词。徐君猷自元丰三年（1080）到任至今，
已经三年有余，而这三年来，苏轼受到徐君猷的百般照顾，二人
情同手足。虽然一个是朝廷知州，一个是贬谪罪人，但二人的友
谊却异常深厚，如今这样的好知州离他而去，苏轼依依不舍之情
可想而知。词的上片通过对比手法凸显作者的不舍之情。先写黄
州的红粉歌妓为知州的离去感到悲切，忍不住留下眼泪。接着写
词人自己的悲伤：你们这些歌妓们的悲伤怎么能和我相比，君猷
的离开最悲切的人是我这个躬耕东坡的老农夫啊！下片想象君猷
离开时黄州城百姓送别的场景：相信在满城花开的黄州城里，这
里的花花柳柳对知州的离开依依不舍，故意挡住离船，似牵衣待
话、别情无极；这里的百姓们为表达对知州的遗爱，以载歌载舞、
锣鼓喧天的形式欢送知州。这是一首别开生面的送别词，没有哭
哭啼啼，唯有欢天喜地。

满庭芳

　　元丰七年四月一日，余将去黄移汝，留别雪堂邻里二三
君子。会李仲览自江东来别，遂书以遗之。

　　归去来兮，吾归何处，万里家在岷峨。百年强半，
来日苦无多。坐见黄州再闰，儿童尽楚语吴歌。山中友，

鸡豚社酒，相劝老东坡。　　云何，当此去，人生底事，来往如梭？待闲看秋风，洛水清波。好在堂前细柳，应念我、莫剪柔柯。仍传语，江南父老，时与晒渔蓑。

李仲览：苏轼友人杨绘的弟子李翔。当时杨绘在江西，闻苏轼将移汝州，命李翔假道筠州先看望苏辙，再到黄州看望苏轼，转达他对苏氏兄弟的问候。

岷峨：四川的岷山与峨眉山，此代指词人故乡。

百年强半：古人称人生为百年。强半，过半。这年苏轼四十七岁，将近五十岁。

坐见：空过了。再闰：阴历三年一闰，两闰为六年，词人自元丰二年（1079）贬黄州，元丰三年（1080）闰九月，元丰六年（1083）闰六月，故云再闰。楚语吴歌：黄州一带语言。黄州古代属楚国。此言孩子已经会说当地话。

山中友：黄州当地友人。鸡豚：鸡肉和猪肉。社酒：原指春秋两次祭祀土地神用的酒，此泛指酒。相劝老东坡：黄州的友人劝他不要离开，终老东坡。

底事：何事。来往如梭：意谓人生究竟为了什么，像梭子一样整天到处奔忙。

秋风洛水：西晋张翰在洛阳做官，见秋风起，想起故乡吴郡的菰菜、莼羹、鲈鱼脍，便弃官而归，此表示退隐还乡之志。

柔柯：细枝，指柳条。江南父老：指作者邻里。

赏析

元丰七年（1084），因"乌台诗案"而谪居黄州达五年之久的苏轼，接到了朝廷量移汝州（今河南临汝）安置的命令。邻里友人纷纷相送，苏轼作此词以示告别。对于苏轼来说，这次虽是从遥远的黄州调到离京城较近的汝州，但他的罪名并未撤销，官职仍是"不得签书公事"的州团练副使，政治处境和实际地位都没有改变。当他即将离开黄州赴汝州时，他的心情是矛盾而又复杂的：既有人生失意、宦海浮沉的哀愁和依依难舍的别情，又有久惯世路、洞悉人生的旷达之怀。这种心情，十分真实而又生动地反映词中。词作上片抒写词人对蜀中故里的思念和对黄州邻里父老的惜别之情。首句"归去来兮"，用陶渊明《归去来兮辞》首句，非常贴切地表达了自己思归故里的强烈愿望，暗含了思归不得归、有家不能归的怅恨。接下来以时光易逝、人空老大的感叹，加深了失意思乡的感情氛围。"山中友，鸡豚社酒，相劝老东坡"三句，真切细致地表现了作者与黄州百姓之间纯真质朴的情谊，以及作者逆境中旷达超脱、随遇而安的淡泊心态。下片进一步将宦途失意之怀与留恋黄州之意对写，突出了作者达观豪放的性格。过片三句，向父老申说自己不得不去汝州，并叹息人生无定，来往如梭。"待闲看秋风，洛水清波"二句从未来着笔瞻望自己即将到达之地，随缘自适思想顿然取代了愁苦之情。从"好在堂前细柳"至篇末，是此词的感情高潮，对黄州雪堂的留恋再次表达了对邻里父老的深厚感情。嘱咐邻里莫折堂前细柳，恳请父老时时为晒渔蓑，言外之意显然是：自己有朝一日还要重返故地，重温这段难忘的生活。此处不明说留恋黄州，而留恋之情早已充溢字里行间。

宋 王诜 东坡赤壁图

南歌子

别润守许仲涂

欲执河梁手，还升月旦堂。酒阑人散月侵廊，北客明朝归去雁南翔。　　窈窕高明玉，风流郑季庄。一时分散水云乡，惟有落花芳草断人肠。

润守：指润州（今江苏镇江）太守。许仲涂：许遵，字仲途，泗州人。

河梁：《文选》卷二十九李陵《与苏武诗》三首之三："携手上河梁，游子暮何之。"后世用"河梁"为送别之词。月旦：《后汉书·许劭传》："初，劭与靖（劭从兄）俱有高名，好共核论乡党人物，每月辄更其品题，故汝南俗有'月旦评'焉。"这里以许劭指许遵。后因称品评人物为月旦评。此处指许遵宴请宾客的堂名。

酒阑：酒宴将尽。月侵廊：月光洒在回廊上。

北客：这里指苏轼自己，原自汴都出来。意谓苏轼明天就要离开润州向北而去。

"窈窕"二句：指润州官妓高莹和郑容。高明玉即高莹，郑季庄即郑容。

水云乡：江南的水乡。

赏析

元丰七年（1084）八月，苏轼离开润州继续北行，润州知州许遵设宴道别，苏轼即兴作此词。词上片写作者参加宴会。首二句说原本打算与许遵简单地执手相别，没想到许知州设下盛宴盛情款待，其中自有感激之情。接下去作者并没有渲染宴会上欢快、热烈的气氛，而是一下子推到散席的一刻，着意写上一笔"酒阑人散月侵廊"，以厅堂走廊下清冷的月光写出凄清的气氛和落寞的情怀，这当然是同离别的心绪密切关联的。于是自然转到写当前的离别之事，以"雁南翔"反衬"北客"（即作者自己）归去的孤独和冷落，颇有点离群索居的意味，突出了离别的悲伤。下片把情绪调整到比较轻松的话题上，高莹、郑容两位润州名妓，当时在苏轼赞助下，被判落籍从良，明日苏轼离开这里，两位佳人也要离开，留下的尽是落花芳草，岂不令许知州更加伤情？"一时分散水云乡"句写得极有诗情和韵味："一时分散"四字既回应前文的"酒阑人散"，又暗指二人的落籍从良，同时写出美的事物的消失所引起的莫名的惆怅。描写二妓的风流云散，不过是一笔衬托而已，但可以看得出来，作者是故意把两起分别之事放在一起，更加重了"悲莫悲兮生别离"的凄凉感。

渔家傲

金陵赏心亭送王胜之龙图。王守金陵，视事一日移南都。

千古龙蟠并虎踞，从公一吊兴亡处。渺渺斜风吹细雨。芳草渡，江南父老留公住。　　公驾飞车凌彩雾，红鸾骖乘青鸾驭。却讶此洲名白鹭。非吾侣，翩然欲下还飞去。

赏心亭：在金陵城西，宋初丁渭修建。王胜之：王益柔，字胜之，河南洛阳人。龙图：王胜之曾任龙图阁直学士。

守：任知州。视事：任职。南都：今河南商丘。意谓王胜之在金陵理政一天便改任命为应天府知府。

龙蟠并虎踞：形容地势险要。相传汉末刘备使诸葛亮至金陵，谓孙权曰："秣陵地形，钟山龙蟠，石城虎踞，此帝王之宅。"蟠，或作"盘"。

从：与、跟。兴亡处：有数代帝王在金陵建都，故有"兴亡处"之喻。

"江南"句：因王益柔为官清廉，有声望，所以说"留公住"。江南父老，金陵百姓。

"公驾"二句：用夸饰的手法写王胜之的离去。鸾，传说中凤凰。骖，指在车两侧驾御。驭，指在车中驾御。因王益柔为龙图阁直学士，所以作者有此比喻。

讶：吃惊。白鹭：即白鹭洲，在金陵城西门外，被秦淮河与长江围着。此处代指南京。

赏析

元丰七年（1084）苏轼奉诏调往汝州。同年七月（一说八月），苏轼自黄州赴汝州途中，经过金陵，恰逢江宁知府王胜之调任，因作此词送别。金陵是六朝古都，到了这里很容易让人引发对历史兴亡的慨叹，而朋友到任江宁府仅仅一天就又被调任去南都，这样的环境、这样的事件，引发词人无限怀想，于是写下这首词赠别友人。上片先写金陵的地理形势"千古龙蟠并虎踞"和历史变迁"兴亡处"，这里是古代许多帝王看中的都城；再写金陵父老对王胜之的挽留，着重描绘百姓在蒙蒙细雨中送别王胜之的难舍难分之情。下片词人充分发挥想象，运用浪漫主义手法，描绘一个能上天入地的王公形象，他可以像神仙一样驾飞车、跨彩雾，红鸾为他骖乘青鸾为他驾驭，隐含了对王胜之的赞赏和敬重。随后以"却讶此洲名白鹭"为转折，说王胜之在金陵理政一天就要离去，不是他愿意离去，而是为他驾车护航的青鸾和红鸾看到了金陵的白鹭洲，神奇的鸾鸟不愿与白鹭为侣，所以振动翅膀，载他翩然而去。词以戏谑的语言、轻灵的笔意作结，说明金陵算不上理想居地，其用意是宽慰王胜之。

临江仙
送钱穆父

一别都门三改火，天涯踏尽红尘。依然一笑作春温。无波真古井，有节是秋筠。　　惆怅孤帆连夜发，送行淡月微云。尊前不用翠眉颦。人生如逆旅，我亦是行人。

钱穆父：钱勰，字穆父，苏轼友人。

都门：指汴京。改火：古代钻木取火，四季换用不同木材，称为"改火"，这里指年度的更替。

春温：如春天般温暖。

古井：枯井。比喻内心恬静，情感不为外界事物所动。筠：竹子的青皮，借指竹子。此处化用白居易《赠元稹》"无波古井水，有节秋竹竿"赞美钱穆父。

送行淡月微云：在月淡云轻的夜晚为钱穆父送行。

翠眉：古代妇女的一种眉饰，即画绿眉，也专指女子的眉毛，此指送别的官妓。颦：皱眉。逆旅：旅舍，旅店。

赏析

元祐六年（1091）春，钱勰自越州徙知瀛洲，途经杭州，苏轼作此词以赠行。词上片写与友人久别重逢。元祐初年（1086），苏轼在朝为起居舍人，钱穆父为中书舍人，气类相善，友谊甚笃。元祐三年（1088）穆父出知越州，二人都门帐饮时，苏轼曾赋诗赠别。岁月如流，此次二人在杭州重聚，已是别后的第三个年头了。三年来，穆父奔走于京城、吴越之间，此次又远赴瀛州，真可谓"天涯踏尽红尘"。"无波"两句借用白居易《赠元稹》诗"无波古井水，有节秋竹竿"，赞美友人内心平静如古井之水，节操如秋天之竹，其实也正是作者坚持正直操守又旷达超脱的人生态度的高度概括。下片写月夜送别友人。"人生如逆旅，我亦是行人"二句化用李白《春夜宴从弟桃花园序》："夫天地者，万物之逆旅也，光阴者，百代之过客也。"言何必为暂时离别伤情，其实人生如寄，既然人人都是天地间的过客，又何必计较眼前聚散和江南江北呢？词的结尾，以对友人的慰勉和开释胸怀总收全词。这首赠别词，一改以往送别诗词缠绵感伤、哀怨愁苦或慷慨悲凉的格调，创新意于法度之中，寄妙理于豪放之外，议论风生，直抒性情，写得既有情韵，又富理趣，充分体现了作者旷达洒脱的个性风貌。

青玉案

和贺方回韵送伯固归吴中故居

三年枕上吴中路，遣黄犬、随君去。若到松江呼小渡，莫惊鸳鸯，四桥尽是，老子经行处。　　辋川图上看春暮，常记高人右丞句。作个归期天已许。春衫犹是，小蛮针线，曾湿西湖雨。

贺方回：贺铸，字方回，北宋词人。伯固：苏坚，字伯固，号后湖居士，北宋诗人。吴中：今苏州吴中区，苏坚故乡。

三年：苏轼元祐四年（1089）至六年（1091）守杭州，苏坚为属官，首尾三年。枕上：意即梦中。

黄犬：典出《晋书·陆机传》。晋之陆机，蓄一犬，曰"黄耳"……机遂作书，盛以竹筒，系犬颈。犬经驿路，昼夜亟驰。家人见书，又反书陆机……后犬死，机葬之，名之曰"黄耳冢"。此处指词人送别伯固后，希望今后二人仍有书信往来。

松江：吴淞江的古称。呼小渡：呼唤小舟摆渡。

四桥：苏州的四座名桥。老子：老年人的自称。此词人自指，犹老夫。

辋川图：唐诗人王维有别墅在辋川（今陕西蓝田南），曾于蓝田清凉寺壁上画《辋川图》，表示林泉隐逸之情志。右丞：指王维。王维曾官尚书右丞。

天已许：天公必会允许。一说指朝廷已准许。

小蛮：唐诗人白居易家妓名。此喻指词人侍妾朝云。一说比苏坚之姬妾。

赏析

此词当为苏轼元祐七年（1092）八月在扬州作。此前三年，即元祐四年至六年（1089—1091），苏轼在杭州担任太守，苏坚是他的属官，监杭州商税，两人交往颇密。此时因苏轼被召还京，苏坚告别苏轼回吴中故居，苏轼为之送行而作此词。词上片抒写作者对苏坚归吴的羡慕和自己对吴中旧游的思念。用"黄犬"这一典故，表达出盼伯固归吴后及时来信。"呼小渡"数句细节传神，虚中寓实，给对方一种"伴你同行"的亲切感。下片抒发了自己欲归不能的惋惜，间接表达对宦海浮沉的厌倦，就伯固之"归"，抒说己之"归计"。整首词中心在于一个"归"字，既是羡慕苏坚归吴中，亦是悲叹自己归梦难成。在苏轼众多的送别词中，这首《青玉案》可谓别具一格。

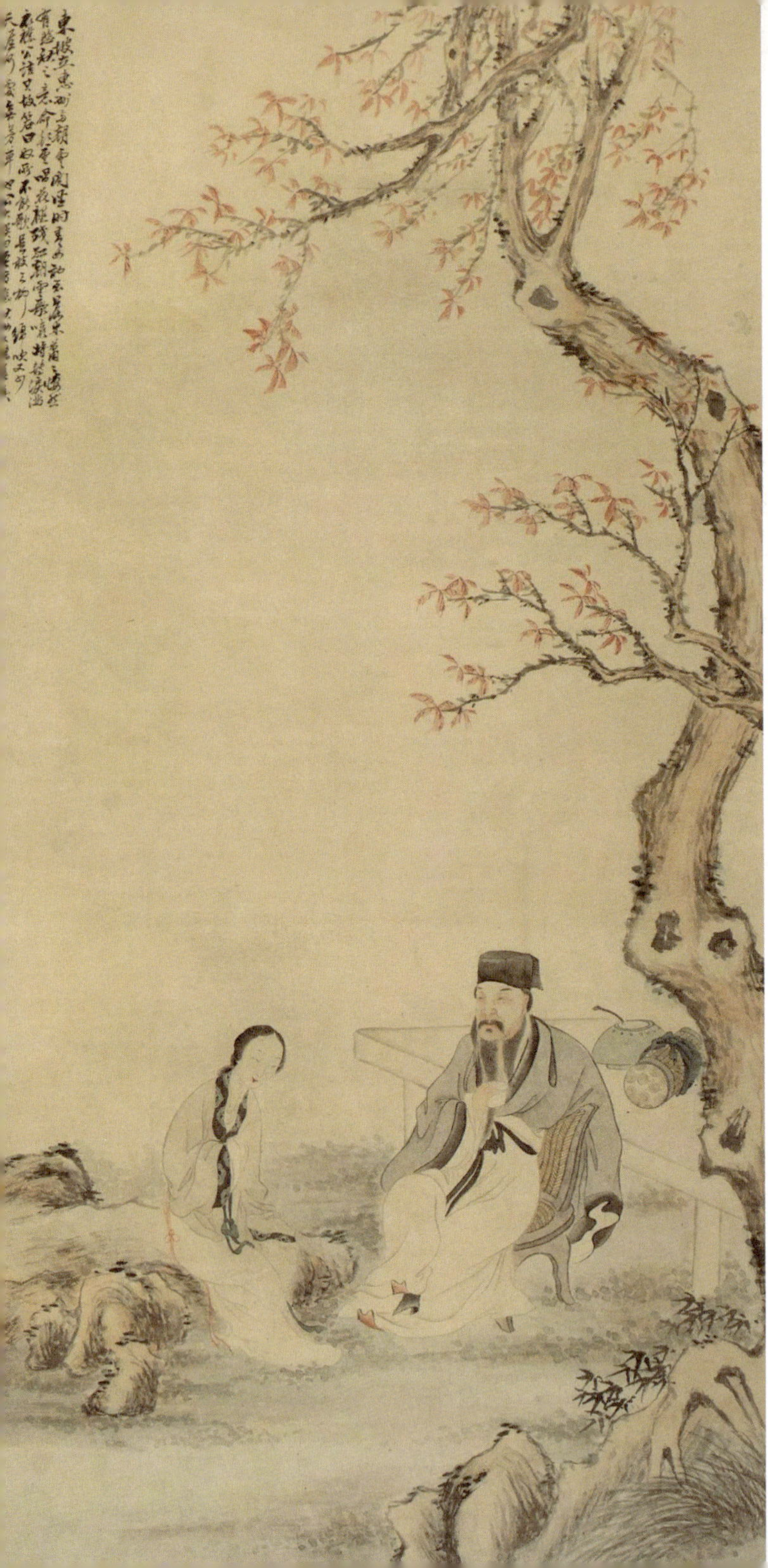

清 王素 东坡与朝云

卷五

酬赠篇：此心安处是吾乡

虞美人

有美堂赠述古

湖山信是东南美，一望弥千里。使君能得几回来，便使尊前醉倒更徘徊。　　沙河塘里灯初上，水调谁家唱。夜阑风静欲归时，惟有一江明月碧琉璃。

有美堂：在杭州城内吴山上。仁宗嘉祐元年（1056），由杭州太守梅挚修建。梅挚来杭任官时，仁宗赐诗一首，有"地有吴山美，东南第一州"之句，所以取堂名为"有美堂"。述古：陈襄，字述古。

使君：指陈襄。

沙河塘：在杭州城南，是热闹繁华之地。

水调：商调名，隋炀帝开汴渠，曾作《水调》。

碧琉璃：比喻月光照射下碧绿澄澈的江水。琉璃，玻璃。

赏析

熙宁七年（1074）七月，陈襄将移南都（今河南商丘），宴僚佐于杭州城中吴山有美堂。应陈襄之请，苏轼即席写下《虞美人》一词。《本事集》载："陈述古守杭，已及瓜代，未交前数日，宴僚佐于有美堂。侵夜，月色如练，前望浙江，后顾西湖，沙河塘正出其下。陈公慨然，请贰车（副职）苏子瞻赋之，即席而就。"

这首词从远处着想，大处落笔，写出了西湖月色如练、秀丽奇绝的美景，充分表现了陈襄与僚佐们的友情，在物我交融中感到无比欢乐，同时也写出了苏轼对陈襄的留恋之情，表达了再聚不易、当尽醉方休的惜别深情。上片前两句极写有美堂的形胜，也即湖山满眼、一望千里的壮观。此二句从远处着想，大处落墨，境界阔大，气派不凡。"使君能得几回来？便使尊前醉倒更徘徊"两句反映了作者此时此刻的心情，他的惜别深情是由于他们志同道合。据《宋史·陈襄传》，陈襄因批评王安石青苗法，被贬出知陈州、杭州。然而他不以迁谪为意，与苏轼共事的两年多当中相处配合甚洽，做了不少有益于当地人民的事。下片描写华灯初上时杭州的繁华景象，写灯火和悲歌，既写环境，又写心境。结尾两句"夜阑风静欲归时，惟有一江明月碧琉璃"，不仅写出月明水净的夜景，同时也展示了作者一无杂虑的澄澈心境。

诉衷情

送述古迓元素

钱塘风景古来奇，太守例能诗。先驱负弩何在，心已浙江西。　　花尽后，叶飞时，雨凄凄。若为情绪，更问新官，向旧官啼。

元素：杨绘，字元素，绵竹（今属四川）人。熙宁七年（1074）六月，自应天府（今河南商丘）移知杭州，八月到任。迓：迎接。

"太守"句：意谓唐时杭守白居易善诗，现任杭守陈襄善诗，即将新任杭守杨元素亦善诗，故云"例能诗"。

先驱负弩：指在前面迎候的官员。负弩，背着硬弓。

浙江：指钱塘江。西：向西面飞。

若为情绪：等于说何以为情，或难以为情。按此句与后二句为倒文，应当依照"更问新官，向旧官啼，若为情绪"这一语序来解释。

"更问"二句：原出南朝陈乐昌公主诗："今日何迁次，新官对旧官。笑啼俱不敢，方验作人难。"按"新官"指后夫隋越国公杨素，"旧官"指前夫陈太子舍人徐德言。"更问"二句，互文，"新官""旧官"前后互相包涵。"向旧官啼"，当是"新官对旧官，笑啼俱不敢"的省文。此借用陈氏诗句而略翻其意，以表达送"旧官"述古之离去，迎"新官"元素的心情：既悲述古之离去，又喜元素之到来，悲喜交织，莫可言状。

赏析

熙宁七年（1074）七月，杭州知州陈襄罢任，新任知州杨绘正在赴杭州途中，杭州官妓前往苏州迎接杨绘，苏轼作该词描绘迎接的场面。上片前两句写杭州风光和长官诗才。"太守例能诗"是由唐诗"苏州刺史例能诗"变化而来。旧太守陈襄是位诗人，在杭州与苏轼多有唱和，有《古灵集》存世。新太守杨绘也是位诗人，原有集，已佚，《全宋诗》尚收其诗十首。后两句写迎候新太守的场景的想象：走在前面迎候新太守的官员在哪里呀？我的心已经从钱塘江向西飞去了。杨绘取道西面苏州，故云"心已浙江西"。两句通过想象和心理描写，显示了迎接新太守的热情和真诚。下片借当前萧瑟凄凉的秋景，烘托送旧迎新时难堪的情绪。"花尽后，叶飞时，雨凄凄"三句，描写了秋天花谢叶落，苦雨淅沥的景象，渲染了萧瑟凄凉的浓厚气氛。"若为情绪，更问新官，向旧官啼"三句，意思是说，还要问一问两位太守，当新官面对旧官，杭妓哭笑不得的时候，你们的感受如何呢？既悲述古之去，又喜元素之来，真是悲喜交加，莫可言状，矛盾之极啊。词人在词中两边都赞美，都不得罪，且笔调诙谐，显示了苏轼风流潇洒的才子气质。

醉落魄

席上呈杨元素

分携如昨，人生到处萍飘泊。偶然相聚还离索。多病多愁，须信从来错。　　尊前一笑休辞却，天涯同是伤沦落。故山犹负平生约。西望峨嵋，长羡归飞鹤。

分携如昨：熙宁四年（1071），苏轼将到杭州任通判，杨元素在京中任御史中丞，二人曾在汴京饯别。

多病多愁，须信从来错：苏轼在熙宁六年、七年诗作中屡屡言"病"，可见当时健康情况不佳确是事实，但这里的"多病多愁"，与其说是身体之病，毋宁说是一种不得志的情绪病。"须信从来错"是词人以夸大的过激的言辞来表现一种牢骚的情绪。由于杨元素在党争中与苏轼志同道合，所以词人能敞开心扉，放言无忌。

同是伤沦落：杨元素因对变法持有异议，和苏轼一样，只能辗转外郡。此句化用白居易《琵琶行》诗"同是天涯沦落人，相逢何必曾相识"。

故山犹负平生约：意谓自己辜负了归隐故乡的约定。

峨嵋：峨眉山，在四川，此指作者故乡。"长羡"句：用陶潜《搜神后记·丁令威》"有鸟有鸟丁令威，去家千里今始归"典，表达作者盼望归隐。

赏析

熙宁四年（1071），苏轼自请外放，被任命为杭州通判。离开京城时，杨元素曾为其送行。熙宁七年（1074）七月，杨元素也被外迁到杭州任知州，成了苏轼的上司。同年十月，苏轼转任密州知州，杨元素被召回朝廷。两人同行至京口分手，苏轼作此词以送。

这首词的特点在于它不是写一般的离愁别恨，而是稍微交代情景之后，直接用议论的方法来表达自己的感慨，传递归隐的夙愿。上片从分别写起，感慨人生。"分携如昨"，说上次的分手就像在昨天才发生，这次又要面临分手。苏轼出判杭州时，杨元素曾在汴京相别。回忆旧日分离，则是为了强化当前别情，很自然地引发了人生感慨："人生到处萍飘泊。"这与作者早年写的"人生到处知何似？应似飞鸿踏雪泥"（《和子由渑池怀旧》）有异曲同工之妙。下片劝慰友人，天涯沦落人，不妨开怀一笑。词人以幽默诙谐的方式劝慰友人：把酒杯敬到你的面前，就请笑纳喝下不要推辞了，我们二人半生都沦落天涯，这种遭遇也是一种缘分，这句看似开玩笑的自嘲词句其实隐藏了词人无限的感伤，巧妙地化用了白居易"同是天涯沦落人"的诗句。末三句抒发归隐故乡的意愿，从当年兄弟相约早退到写此词时，已经过去了十四个年头，词人把"峨嵋"作为故乡及其美景的代表，从反面运用了"化鹤归辽"的神话故事，以"西望峨嵋，长羡归飞鹤"的艺术形象，表达了归隐的夙愿以及对故乡的深情。

南乡子

席上劝李公择酒

不到谢公台，明月清风好在哉。旧日髯孙何处去，重来，短李风流更上才。　　秋色渐摧颓，满院黄英映酒杯。看取桃花春二月，争开，尽是刘郎去后栽。

李公择：李常，字元中，安徽桐城人。北宋元祐年间与李公麟、

110

李公寅同时举进士，时称"龙眠三李"。

谢公台：在扬州。谢公：有三种说法：一指晋谢安，二指南朝宋谢灵运，三指南朝齐谢朓。

明月清风：欧阳修《采桑子》十三首之十一："明月清风，把酒何人忆谢公？"好在：存问之辞，犹言无恙。

髯孙：本指孙权，三国时，孙权有紫髯，人称"髯孙"。这里指孙觉。

短李：本指中唐李绅，体型短小精悍，时号"短李"。白居易《代书诗一百韵寄微之》"笑劝迂辛酒，闲吟短李诗"。这里指李常，公择矮小，亦善诗。

黄英：黄花。指菊花。

"看取"三句：刘禹锡《元和十年自朗州至京戏赠看花诸君子》诗"紫陌红尘拂面来，无人不道看花回。玄都观里桃千树，尽是刘郎去后栽。"刘郎，本是诗人刘禹锡自指。这里借喻孙觉。

赏析

熙宁七年（1074）九月，李常时任湖州知州，苏轼在赴任密州知州途中经过湖州，参与了李常的洗儿宴，席上劝李常酒，作此词以赠。词的上片发端以"谢公台"起兴，意在写出赴任途中来到友人李公择湖州任所的一种快感。这里的"谢公台"，应当是借喻友人任所。"明月清风"写湖州的自然美，也隐隐象征着友人清高洁白的操守。三四句转入对旧太守、友人孙觉的怀念："旧日髯孙何处去，重来。"二句写出了席间面对新守时对旧守的怀想。随后又回到当前，赞颂新太守、东道主李常的才华："短李风流更上才。"过片两句对景感时，以"映酒杯"点明席上劝酒的题意，以"满院黄英"写出深秋时节的特征，对"秋色渐摧颓"

的概括性描述则寓含着时序迁移的感慨，与上片写到的"旧日""重来"这种今昔之感一脉相通。最后三句是对明春桃花争开的盛景的想象，化用刘禹锡诗意，讽刺熙宁变法。下片写得相对隐晦，抨击时政、针砭新法，也倾吐了自己的怨愤。自嗟自叹，感觉自

清 尤荫 东坡石铫图

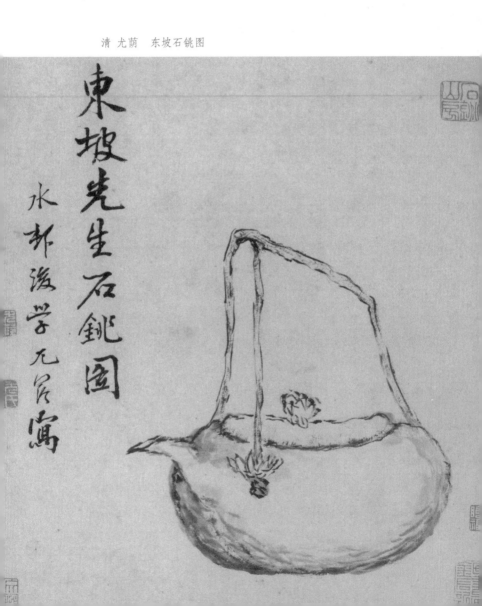

己就像将要被秋风摧残叶满院的黄菊,前途未卜;而党同伐异的变法者就像二月桃花,争奇斗艳,不可一世。最后化用刘禹锡"尽是刘郎去后栽"诗句,表达自己对政治上无尽坎坷的愤恨和讥讽。

采桑子

润州甘露寺多景楼,天下之殊景也。甲寅仲冬,余同孙巨源、王正仲参会于此。有胡琴者,姿色尤好。三公皆一时英秀,景之秀,妓之妙,真为希遇。饮阑,巨源请于余曰:"残霞晚照,非奇才不尽。"余作此词。

多情多感仍多病,多景楼中。尊酒相逢,乐事回头一笑空。　　停杯且听琵琶语,细捻轻拢。醉脸春融,斜照江天一抹红。

多景楼:在镇江北固山甘露寺内,下临长江,三面环水,登楼四望,美景尽收眼底,曾被誉为天下江山第一楼。

甲寅仲冬:熙宁七年甲寅(1074),苏轼赴密州(山东诸城)知州任,过润州(江苏镇江),与胡宗愈(字完夫)、王存(字正仲)、孙洙(字巨源)宴饮,游润州多景楼,作此词。

三公:指孙、王及胡宗愈,均当时才学之士。

饮阑:酒筵将尽。

琵琶语:指歌妓所弹琵琶能转达感情如言语。白居易《琵琶行》:"今夜闻君琵琶语,如听仙乐耳暂明。"

细捻轻拢:演奏琵琶指法。捻指揉弦,拢指按弦。

醉脸春融:酒后醉意,泛上脸面,好像有融融春意。

赏析

熙宁七年（1074）甲寅仲冬，苏轼与孙巨源、王正仲在甘露寺多景楼宴会。席间有色艺俱佳的官妓胡琴相伴，周围晚霞夕照中愈显奇丽美景，于是孙巨源请苏轼临景填词。苏轼应约写下了这首《采桑子》。另有《润州甘露寺弹筝》一诗，亦为同时所作，可参读。苏轼多愁善感，开篇即三多：情多、感多、病多，却又马上戛然而止，回到多景楼中，愁绪点到为止。这样起句有善"留"之妙，苏轼不把自己的"情""感"和"病"之"多"的内容一一写出，只用此七字概括，迅疾道出"多景楼中"，为的是顾及全篇，不让这忧愁情绪抒发过多而成为赘疣。后面"回头一笑空"，又与第一句相呼应，美好的聚会很快就结束，最后也只留下多情多感多病相随。下片开篇写官妓胡琴的美妙演奏。"琵琶语"和"细捻轻拢"都是赞美官妓胡琴弹奏琵琶的技艺。苏轼惜墨如金，不写官妓容貌、形体和服饰等，但用"醉脸春融"四字来写其神，丽而不艳，媚含中庄。酒后的歌女怀抱琵琶，脸颊泛红，如夕阳斜照在江水的一抹绚烂，美丽动人。末句既是写景，也是写人，用"斜照江天一抹红"来形容"醉脸春融"的琵琶女再恰当不过。

浣溪沙

赠闾丘朝议，时还徐州。

一别姑苏已四年，秋风南浦送归船。画帘重见水中仙。　　霜鬓不须催我老，杏花依旧驻君颜。夜阑相对梦魂间。

闾丘朝议：朝议大夫闾丘孝终，字公显，苏州人。曾为黄州太守，与苏轼交往甚密，后来致仕回苏州。实则，苏轼到黄州时，闾丘孝终已经离任。时还徐州：闾丘孝终因事来徐州，苏轼时任徐州知州。

一别姑苏已四年：苏轼曾在苏州与闾丘孝终相会，至今已分别四年。熙宁七年（1074），苏轼自杭州通判调任密州知州，途经苏州时，曾与致仕归乡的闾丘孝终相会。

秋风：秋季。苏轼北行赴密州，已是深秋时节。南浦：泛指送别之处。江淹《别赋》："送君南浦，伤如之何？"苏轼离开苏州时，闾丘孝终曾为他送行。

水中仙：典出唐传奇《湘中怨》，故事大意是说，一位郑生于洛桥与名叫汜人的女子相遇，相聚一年多以后女子离去，又过了十多年，郑生在岳阳楼看到"有画舻浮漾而来"，船中有一女子弹唱歌舞，与汜人极为相似，二人最终团圆。这里借此典故，表达词人重见故人的喜悦。

霜鬓：白色鬓发。杏花依旧：喻闾丘孝终面如杏花，青春永驻。

夜阑相对：谓与友人详谈到深夜。杜甫《羌村三首》："夜阑更秉烛，相对如梦寐。"

赏析

熙宁十年（1077）八月，闾丘孝终路过徐州，苏轼时任徐州知州，临别时苏轼作词赠别，表达绵延不尽的思念之情。苏轼与闾丘孝终交往多年，作品中涉及闾丘的文字也不少，足见二人感情深厚。苏轼从最后一次见到闾丘公到写这首词的时间已经四年了，这一次，闾丘公路过徐州来看望苏轼，苏轼内心的喜悦之情是可想而知的。本篇词中没有感情的直接流露和思想的传达，只是简单地回忆过去与闾丘公相见时的情景，轻松亲切地谈论彼此之间的样貌变化，这种看似轻松亲切的气氛，融汇其中的是道不尽的情感和思愁。上片接连用了三句话回忆往事，其中层次清晰：第一句点明四年以前在苏州分别；第二句回忆苏州分别时，闾丘公不辞劳苦，送客江边；第三句写自己在舟中拨开窗帘，望着岸上送行的友人，内心默默地赞美他。下片三句写今天：四年后与友人久别重逢，自己已是风霜满鬓，而友人却容颜依旧。末句写二人秉烛夜谈的亲密之状，道出二人情感深厚真挚，构成一幅感人的对床夜语图。

定风波

南海归赠王定国侍人寓娘

常羡人间琢玉郎，天应乞与点酥娘。尽道清歌传皓齿，风起，雪飞炎海变清凉。　　万里归来颜愈少，微笑，笑时犹带岭梅香。试问岭南应不好，却道，此心安处是吾乡。

王定国：王巩，字定国，自号清虚先生，苏轼友人。元丰二年（1079），因受苏轼"乌台诗案"牵连，被贬为监宾州（今广西宾县）盐酒税，五年后放归。寓娘：王巩的歌妓，又名柔奴。

玉郎：女子对丈夫或情人的爱称，泛指青年男子。点酥娘：谓肤如凝脂般光洁细腻的美女。

"尽道"三句：形容寓娘清凉的歌声和舞蹈犹如雪片飞过大海，具有无穷的魅力。皓齿：雪白的牙齿。风起：指寓娘舞蹈时掀动的风。炎海：喻酷热。

颜愈少：容颜更少，如同少年。

岭梅香：岭外梅花的芳香。岭，指大庾岭，沟通岭南岭北的咽喉要道。宾州在五岭之南。

此心安处是吾乡：这个心安定的地方，便是我的故乡。语出白居易《初出城留别》："我生本无乡，心安是归处。"

赏析

苏轼的好友王巩因受到"乌台诗案"的牵连被贬宾州，其歌妓柔奴（别名寓娘）也毅然随行。元丰六年（1083）王巩北归，出柔奴为苏轼劝酒。苏轼问及岭南风土，柔奴答以"此心安处是吾乡"，苏轼听后，大受感动，作此词以赞。这首词通过刻画柔奴外表与内心相统一的美好品性，赞美她虽身处逆境却仍然安之若素的高贵品格，抒发词人在政治逆境中随遇而安、无往不快的旷达胸襟。上片总柔奴美丽的外表。开篇"常羡人间琢玉郎，天应乞与点酥娘"，描绘一对才子佳人，王定国英俊丰神、柔奴天生丽质。柔奴动听悦耳的歌声能够从她芳洁的口中唱出，让人感到仿佛风起雪飞，使火炉之地一下变为清凉之处，让政治上失意的主人不再浮躁不安、忧郁苦闷，而是超然旷达、恬静安详。下片通过对柔奴的北归描写，刻画她的内在美。岭南生活虽然非常艰苦，但是她却甘之如饴，心情舒畅，回来后容光焕发，显得更加年轻。"微笑"两个字，写出了柔奴在归来后的愉快中透露出的度过艰难岁月的那种自豪感。"笑时犹带岭梅香"既写出了柔奴北归时经过大庾岭，又用斗霜傲雪的岭梅喻人，赞美她克服困难的坚强意志。最后写词人与柔奴的问答，"试问岭南应不好"，"却道"陡转，"此心安处是吾乡"语气铿锵有力、警策隽永。歌颂柔奴随缘自适的旷达快乐，同时也寄寓着词人的人生态度和处世方法。

满庭芳

有王长官者，弃官黄州三十三年，黄人谓之王先生。因送陈慥来过余，因为赋此。

三十三年，今谁存者？算只君与长江。凛然苍桧，霜干苦难双。闻道司州古县，云溪上、竹坞松窗。江南岸，不因送子，宁肯过吾邦。　　拟拟，疏雨过，风林舞破，烟盖云幢。愿持此邀君，一饮空缸。居士先生老矣，真梦里、相对残缸。歌声断，行人未起，船鼓已逢逢。

王长官：苏轼友人，名字与事迹不详。陈慥：字季常，号方山子，四川眉山人，苏轼的同乡。隐居不出，与苏轼交游密切，苏轼曾为他写《方山子传》。

桧：即圆柏。一种常绿乔木，雌雄异株，果实球形，木材桃红色、有香气。寿命达数百年。此处以苍桧喻王长官。

司州古县：指黄陂县，曾属南司州。王长官罢官后居于此。竹坞：此指丛竹环绕的王长官的家。坞，四面如屏的花木丛聚之处。松窗：松木建造的窗子。

"江南"三句：是说王氏如果不是为了送陈慥去江南，是没有机会来过访苏轼的。江南：黄陂在黄州西北，长江横亘其间，故黄州于黄陂可称江南。子：指陈慥。

"拟拟"四句：写王氏于风雨之后，翩然乘车而至，车盖车帘都带着山林的烟霞。拟拟：形容雨声。风林舞破：即风舞林破。烟盖云幢：烟如车盖，云似帷幕。

一饮空缸：一口气把酒喝干。空缸，使酒杯空。

缸：灯。逢逢：形容鼓声。此指开船的信号。

118

瘦肌瓜山人生屏看

渴笔如屋漏如山旦秀蔓烟痒雨润亦月逢暮
蝕不老清光依旧渴人寰

波臣曾鲸敬写

明 曾鲸 东坡笠屐图

赏析

苏轼谪居黄州时，许多朋友或怕株连，或避嫌疑，纷纷疏远他，使他倍感世态炎凉。然而，同乡陈慥却蔑视世俗，仍与苏轼过从甚密，五年中竟七次来访。元丰六年（1083）五月，陈慥和王长官过访苏轼。王氏辞官隐居已多年，苏轼羡慕道家隐士超脱自在，对王氏素闻其名，可谓神交已久。为表达对王氏真挚的钦慕之情，苏轼作此词以赠，深情赞颂王氏的品格与风骨。上片颂扬王氏性情刚健孤傲。词人首先将长江拟人化，以比拟的方式将王氏高洁的人品与长江共论，予以高度评价。接下来以"凛然苍桧，霜干苦难双"两句喻其人品格之高，通过"苍桧"的形象比喻，其人傲干奇节，风骨凛然如见。再来又以物喻人，用"竹"和"松"来比喻王氏为人的正直耿介，性格刚毅。下片则描绘会见王氏时的环境、气氛，以及苏轼当时的思绪和情态。以"疏雨过，风林舞破，烟盖云幢"写当日不凡的自然景象，暗示词人与他们遇合后所表现出来的洒脱与放旷。"愿持此邀君，一饮空缸"，充满了酒逢知己千杯少的豪情。"居士先生老矣"，是生命短促、人生无常的感叹。"真梦里、相对残釭"，写主客通宵达旦相饮欢谈，彼此情投意合。末三句写天明分手，船鼓催发，主客双方话未尽，情未尽，满怀惜别之意。

西江月

杭州交代林子中席上作

昨夜扁舟京口，今朝马首长安。旧官何物与新官，只有湖山公案。　　此景百年几变，个中下语千难。使君才气卷波澜，与把新诗判断。

交代：犹言接替、移交。林子中：林希，字子中，福州人。

京口：今江苏镇江，古润州治所。长安：此处代指京城汴京（今河南开封）。马首长安：谓马不停蹄地向京都进发。

旧官何物与新官：孟棨《本事诗·情感第一》载陈朝乐昌公主破镜重圆诗："今日何迁次，新官对旧官。笑啼俱不敢，方验作人难。"这里苏轼仅以其"新官对旧官"句，借指自己是"旧官"即将离任；"新官"，指林子中，他接替自己任杭州太守。

湖山公案：指东坡自己的吟咏西湖山景的诗作。傅干《注坡词》注云："公倅杭日作诗，后下狱，令供诗帐。此言湖山公案，亦谓诗也。禅家以言语为公案。"

个中：此中。下语：评说，讲说。傅干注："禅家有下语之说。"

使君：指新任杭州太守的林子中。才气卷波澜：形容林子中的才气像波涛一般壮阔起伏。

判断：犹鉴别、辨析。

赏析

元祐六年（1091）二月，苏轼被召为翰林承旨，在赴汴京之前，向新任杭州太守林子中交接职务之时，为表示自己无可奈何的心情，写下这首词。上片先用"昨夜扁舟京口，今朝马首长安"十二个字，交代清楚新旧两任知州的来龙去脉：一个从润州前来杭州，一个从杭州受命回朝。同时，词人也向新任杭州太守林子中诉说着他的仕宦奔波之苦。后面的文字，词人抛开官事，不说物阜民丰，不说山清水秀，也不说庭无留讼，专说诗文，词人说自己没有做出什么成绩，只留下一堆吟咏西湖山景的诗作，表现了东坡的谦虚和自责精神。下片，集中请求林子中评判其湖山新诗。词人把其湖山诗作的内容限制在自然景物的范围内，与其他（如政治）无关，而且"百年几变""下语千难"，表明其诗歌内涵随着风景的变化而复杂多变，用语费神颇多，是正常现象。末二句是词人对林子中的客套颂扬之辞，当然也含有某种期待的愿望，他说林子中才气如壮阔波涛，一定会对自己的新诗做出公正的评判。然而，苏轼对林子中，一直以朋友相待，可惜林希的人品实在太差，后来苏轼遭贬的上谕，都是出自他手，把苏轼糟蹋得一塌糊涂。

八声甘州

寄参寥子

有情风万里卷潮来，无情送潮归。问钱塘江上，西兴浦口，几度斜晖。不用思量今古，俯仰昔人非。谁似东坡老，白首忘机。　　记取西湖西畔，正暮山好处，空翠烟霏。算诗人相得，如我与君稀。约他年、东还海道，愿谢公、雅志莫相违。西州路，不应回首、为我沾衣。

参寥子：僧人道潜，字参寥，浙江於潜人。精通佛典，工诗，苏轼与之交厚。

俯仰昔人非：语出王羲之《兰亭集序》："俯仰之间，已为陈迹。"意谓转眼之间便会物是人非。

忘机：忘却世俗的机诈之心。见《列子·黄帝》，传说海上有一个人喜欢鸥鸟，每天坐船到海上，鸥鸟便下来与他一起游玩。一天他父亲对他说，"吾闻鸥鸟皆从汝游，汝取来吾玩之"，于是他就有了捉鸟的"机心"（算计之心），从此鸥鸟再也不下来了。这里说苏轼清除机心，即心中淡泊，任其自然。

"约他年"两句：意在与友人相约重返浙东，退隐山林，切莫违背了这美好的愿望。谢公雅志：典出《晋书·谢安传》，意谓很早立下的志愿。

"西州路"三句：《晋书·谢安传》载，安在世时，对外甥羊昙很好。安死后，羊昙过西州门，忆往事，悲感不已，恸哭而去。西州，古建业城门名。晋宋间建业（今江苏南京）为扬州刺史治所，以治所在城西，故称西州。此处意在宽慰参寥子，不要因自己暂时离去而悲伤。

赏析

参寥子，僧名道潜，法号参寥，以精深的道义和清新的文笔为苏轼所推崇，与苏轼过从甚密，为莫逆之交。苏轼贬谪黄州时，参寥不远千里赶去，追随他数年。元祐六年（1091）三月，苏轼离杭州赴汴京时，作此词赠参寥，以宽慰其心。词上片借钱塘江潮和西兴斜晖渲染离情，引出词人对古今变迁、人事代谢一概置之度外，以超尘绝世、淡泊宁静的忘机之心泰然处之的议论。下片写西湖春景，回顾与参寥在杭一同游赏的情景和相知相得的友谊，表明自己超然物外、寄情山水的人生志趣，并殷殷嘱咐友人不要忘记宿志、不必为自己担忧。此词最大的特点就是以平淡的文字抒写深厚的情意，而气势雄放、意境浑然。

此词历来受到研究者和评论家的普遍重视，有的赞赏其超凡脱俗，有的赞赏其气象雄浑、荡气回肠。胡仔《苕溪渔隐丛话》后集卷二六云："绝去笔墨畦径间，直造古人不到处，真可使人一唱而三叹。"陈廷焯《白雨斋词话》卷八云："寄伊郁于豪宕，坡老所以为高。"郑文焯《大鹤山人词话》云:"突兀雪山,卷地而来,真似钱塘江上看潮时,添得此老胸中数万甲兵,是何气象雄且杰!妙在无一字豪宕,无一语险怪,又出以闲逸感喟之情,所谓骨重神寒,不食人间烟火气者。词境至此,观止矣!"

木兰花令

次马中玉韵

知君仙骨无寒暑,千载相逢犹旦暮。故将别语恼佳人,欲看梨花枝上雨。　落花已逐回风去,花本无心莺自诉。明朝归路下塘西,不见莺啼花落处。

马中玉:马碱,字中玉,山东茌平人,时任两浙路提点刑狱。

仙骨无寒暑:神仙不计寒暑。这是赞美马中玉的话。无寒暑,不计年岁。

梨花枝上雨:比喻美人眼泪。白居易《长恨歌》:"玉容寂寞泪阑干,梨花一枝春带雨。"

花本无心莺自诉:落花本来无心,枝上的黄莺却在为我倾诉离情。意谓苏轼此次回朝不是自愿,不过是应朝廷之召而已,杭州的百姓却一再表示依依不舍。

塘西:指钱塘西。

赏析

元祐六年(1091),苏轼被召入京,临行前,同僚友人百姓相送,两浙提刑马中玉写词《木兰花令》相赠,苏轼回赠此词,依韵写了这首《木兰花令》。上片写送别,友人写词相赠,而我却故意说些伤感的言语来打动送别的佳人，就是想让她们泪流满面。事实上，苏轼来杭州的这几年，为百姓做了不少好事，因此很受百姓爱戴。他离开时，百姓相送，悲伤落泪是发自真情。"故将"二字用语极其巧妙，苏轼明知马中玉对自己感情深厚，一旦分手，必定会流泪哭泣，却故意用诙谐语气调侃友人，把勾起友人抛洒惜别眼泪的罪责，归在自己身上，用诙谐之语去安慰对方，故意把分手时滚涌眼泪的情感淡化下来，由此可以看到苏轼对友人的挚爱之情。下片抒情，落花随风而去，本来无心的花儿却听见莺鸟在诉说自己的心事。苏轼把自己离杭赴京的处境比作了"落花"，说它的凋落花瓣已经被回风吹逐而去了。其实，落花本是无心逐风的，只是自己不能掌握自己的命运，只有那花枝上的春莺懂得其中真情，它站在枝头上啾啾哀鸣，正在倾诉着内心的烦恼。以物观我，逸笔韵远，发人深思。

临江仙

夜到扬州席上作

尊酒何人怀李白，草堂遥指江东。珠帘十里卷香风。花开花谢，离恨几千重。　　轻舸渡江连夜到，一时惊笑衰容。语音犹自带吴侬。夜阑对酒，依旧梦魂中。

草堂：杜甫在成都时的住所。江东：杜甫在成都时李白正放浪江东，往来于金陵（今江苏南京）、采石（今属安徽）之间。此苏轼以草堂杜甫自况，以江东李白喻扬州友人王存。

珠帘十里：杜牧《赠别二首》之一："春风十里扬州路，卷上珠帘总不如。"

轻舸：小船。连夜到：苏轼从润州乘舟渡江连夜可到扬州。

一时惊笑衰容：与故友重逢，一时惊喜而笑。衰容：时苏轼年过半百（五十四岁），又经"乌台诗案"磨难，谪居黄州五年，故自言"衰容"。

"语音"句：言友人说话时吴地口音未改。吴侬，吴地口音。

赏析

元祐六年（1091），苏轼以龙图阁学士守杭，二月以翰林学士承旨知制诰诏还，四月赴京途中过扬州，友人王存时任扬州太守设宴招待苏轼，此词作于席上。上片写对友人怀念的深切。"尊酒何人怀李白"两句，运用杜甫怀念李白的典故，抒写了对友人的深切思念之情。苏轼以草堂杜甫自况，以江东李白喻友人王存。"珠帘十里卷香风"，用杜牧诗意写扬州，暗指东道主王存，与上文"怀李白""指江东"语意相承。怀念之深情则用"花开又花谢，离恨几千重"，使抽象的感情有了形体感，增强了语言的形象性和表现力。下片写扬州席上意外相逢时的惊喜和迷惘。词人从润州渡江而来的，连夜便到扬州。"一时惊笑衰容"，紧承前句，写出了与友人意外相逢时惊喜参半的复杂感情。词人当年已五十四岁，又经"乌台诗案"磨难，谪居黄州五年，故有"衰容"之语。最后化用杜甫写乱离中与亲人偶然重聚时深微感情的名句——"夜阑更秉烛，相对如梦寐"，表现这次重逢时的迷惘心态，从而深化了与友人间的交谊。

明 唐寅 苏东坡小像

東坡在儋耳自喜無人識往來野
人家談笑便終日一日忽遇兩戴笠仍著
屐遠遠遇到家妻兒笑滿室歡哉古之
人光霽滿習臆圖形寄暌仰萬世
誰可及　吳郡唐寅畫并題焉
秋邏觀彩兄生

慈齋道兄其珍藏之　松窻又題
…長富小蔵精筆貴不不毛一亭也

莊文東齋所見不止一本佳者與米完醪
宋石門大抵皆兒清腴
而豐稑十年矣嘗見明朱蘭嵎楷龍瞑東
兒不甚寵而逡須左眼
奇有異延伯時與云同時所亘尚博其真
上有菴衛題河所陡坡象
此肴當左山子眾室南廡与龍瞑兮合中
承有儔肴炁家与他本廣頼長稑土
六心試學校公儒狱狀雄致上方沚在丰
宣女得長久神隨逐似此
收藏時地紙白兔玉尢可強耳
癸卯乔莱月補德輝記

归朝欢

和苏坚伯故

我梦扁舟浮震泽，雪浪摇空千顷白。觉来满眼是庐山，倚天无数开青壁。此生长接淅，与君同是江南客。梦中游、觉来清赏，同作飞梭掷。　　明日西风还挂席，唱我新词泪沾臆。灵均去后楚山空，澧阳兰芷无颜色。君才如梦得，武陵更在西南极。竹枝词，莫徭新唱，谁谓古今隔。

伯固：苏坚字，曾任杭州监税官，是苏轼得力助手。苏坚由澧县改官常德，至九江专会苏轼。

震泽：太湖古称震泽。

接淅：指匆匆忙忙。《孟子·万章下》："孔子之去齐，接淅而行。"意谓孔子因急于离开齐国，不及煮饭，带了刚刚淘过的米就走。此苏轼自况平生仕途坎坷，到处奔波。江南客：江南游子。

挂席：挂帆。泪沾臆：泪水浸湿胸前。

灵均：屈原的字。澧阳兰芷：《楚辞·九歌·湘夫人》："沅有芷兮澧有兰。"澧阳，今湖南澧县，古代为澧州。

梦得：唐代诗人刘禹锡，字梦得，因参与政治改革失败被贬到朗州（今湖南常德）。武陵：今湖南常德一带，古武陵地，唐代朗州。

竹枝词：本四川东部一带民歌，刘禹锡在湖南贬所，曾依屈原《九歌》，吸取当地俚曲，作《竹枝辞》九章。莫徭：少数民族名称，瑶族的古称。分布在长沙、武陵、巴陵、零陵、桂阳、澧阳、衡山、临平等郡。

谁谓古今隔：言古今是相同的。

赏析

绍圣元年（1094）六月，苏轼贬往惠州，七月途经九江，与阔别多年的好友苏坚匆匆相遇又匆匆相别，作此词酬赠。词的上片写与伯固同游庐山的所见所感。开篇写与友人共赏湖山盛景，从梦游太湖落笔，突兀而起，将一叶扁舟置于壮阔的千顷雪浪之中，造成小与大、动与静的强烈鲜明对比，气韵极超迈。继而写梦觉后满眼是庐山，奇峰拔地、青壁倚天、蔚然深秀，更加动人心魄。这两幅图景，一虚一实，虚实相交，壮浪幽奇，瑰丽变幻，显示出浪漫的豪情异彩。下片写对友人伯固的劝勉与鼓励。词人将自己与友人宦海浮沉、屡遭贬谪、到处奔走的坎坷经历，化为遨游江山、浪迹湖海的豪情；又勉励友人追踵屈原、刘禹锡的踪迹，写出光耀千古的优美诗篇，奉献给边地人民。词人于远谪南荒、客中送客的逆境中，仍能写出如此气度高亢、情调昂扬、境界壮阔的作品，体现出作者个性爽朗、襟怀豪逸的性情。全词气象宏阔，情致高健，抒情议论，大开大合，堪称苏词中酬赠离别的代表之作。

殢人娇

赠朝云

白发苍颜，正是维摩境界。空方丈、散花何碍。朱唇箸点，更髻鬟生彩。这些个、千生万生只在。　　好事心肠，著人情态。闲窗下、敛云凝黛。明朝端午，待学纫兰为佩。寻一首好诗，要书裙带。

维摩境界：佛家清净无欲的境界。维摩，维摩诘的略称，佛教菩萨名，对佛法义理修养很深。

"空方丈"二句：意谓朝云常在苏轼身旁服侍，不妨碍苏轼心地清净。

箸点：用筷子点上一个圆点。意谓朝云的红唇像是点染过一样娇美。髻鬟生彩：形容头发式样美丽。

千生万生：千辈子，万辈子，永远。谓对朝云千辈子万辈子都会记在心里。

好事心肠：乐于助人的心肠。著人情态：能打动人的情态。

纫兰为佩：编织兰草来佩带。屈原《离骚》："纫秋兰以为佩。"

书裙带：裙带上书诗，是宋代妇女服饰风习。

赏析

绍圣二年（1095）五月四日，苏轼在惠州贬所的第二个年头，在端午节来临之际，作此词表达对朝云的一片情深并祝她健康。上片写自己白发苍颜，已经进入佛家清净无欲的境界。而朝云美丽纯真，正如天女散花，与自己的澄明心境相互映照，融为一片。朝云信佛，苏轼把她比作"天女维摩"。佛经中有一个故事：在释迦牟尼与门人讨论学问时，空中出现一位天女，将鲜花洒落在众人身上。众菩萨身上的花都落在地面，只有舍利弗身上的花瓣不落下来，用神力也不能拂去。众人诧异万分，天女说："结习未尽，故花著身；结习尽者，花不著身。"舍利弗于是愈发努力修行。朝云专心礼佛，与苏轼一起炼制丹药。朝云在苏轼的眼里和心里，永远都是最可爱的人，单看她那娇美的面庞，那一点朱唇、光彩照人的髻鬟，就总也欣赏不够。"这些个，千生万生只在"二句，更用佛教轮回思想，表达对朝云永恒不变的挚爱之情。下片着力表现朝云纯真美好的心地：天生爱行善事，总希望事事都做到别人心坎上讨人喜欢。这样的女子难道不值得一辈子珍爱吗？更以屈原《离骚》中"纫兰为佩"的意象，突出朝云的高洁品格。结尾妙用歌妓书诗于裙带的典故，表现朝云的才华和对自己的忠爱。

明 李宗谟 东坡先生懿迹图卷（局部）

卷六

写景篇：雨后春容清更丽

江城子

湖上与张先同赋，时闻弹筝。

凤凰山下雨初晴，水风清，晚霞明。一朵芙蕖，开过尚盈盈。何处飞来双白鹭？如有意，慕娉婷。　　忽闻江上弄哀筝，苦含情，遣谁听？烟敛云收，依约是湘灵。欲待曲终寻问取，人不见，数峰青。

张先：字子野，坞城（今浙江吴兴）人，北宋词人，有《张子野词》，年长苏轼四十七岁。同赋：用同一词牌，取同一题材填词。

凤凰山：在杭州之南。

芙蕖：荷花。盈盈：轻盈美丽的样子，此处用来映衬弹筝姑娘的姿态。

白鹭：鹭的一种，又称鹭鸶。此处暗指爱慕弹筝人的男子。

弄：弹奏。哀筝：悲凉的筝声。苦：甚、极的意思。遣：使，教。

湘灵：古代传说中的湘水之神。此处暗指弹筝姑娘飘渺超绝。

"欲待"三句：用唐代钱起《省试湘灵鼓瑟》诗句："曲终人不见，江上数峰青。"

赏析

此词为苏轼于熙宁五年至七年（1072—1074）在杭州通判任上，与当时已八十余岁的著名词人张先同游西湖时所作。这首词的来历还有一个美丽的传说。相传苏轼一日游湖，有一彩船迎面驶来。船上有一妇人，仪态娴雅，极有风致。妇人近前与他相会，说从小仰慕东坡先生的才名，听说他游西湖，也不怕被公婆责备她不守妇道，特地赶来相见，并献上一曲，以倾述心声。一曲奏罢，妇人盈盈下拜，请东坡为她题词一首，作为毕生荣耀。苏轼感慨万千，便写下这首《江城子》。词的上片描画一幅雨后初晴的湖上景致：水净风清，晚霞明丽，湖面一朵芙蕖甫开，盈盈袅袅，随风轻摆。正面写物，背面写人，以物写人，将佳人的娴雅态度描画得自然又生动。此时，不知从何处飞来一对白鹭，好似仰慕芙蕖的娉婷。词中之双白鹭实是喻指二客呆视不动专注听琴的情状。下片则重点写音乐。女主角冉冉登场，犹抱琵琶半遮面。但闻筝曲遥遥传来，说不出的哀伤凄切，叫人不忍听，却又不舍不听。江上烟霭敛容，轻云消散，仿佛湘水女神在倾诉自己的幽怨心曲。不知不觉，一曲终了，放眼江面，佳人芳踪难觅，唯见青峰隐隐，江水迢迢，听者不禁惆怅神往，语尽而意无穷。

浪淘沙

探春

　　昨日出东城，试探春情。墙头红杏暗如倾。槛内群芳芽未吐，早已回春。　　绮陌敛香尘，雪霁前村。东君用意不辞辛。料想春光先到处，吹绽梅英。

探春：早春郊游。东城：指杭州城东。

暗：色浓。倾：犹倾倒，这里指漫出来。

槛：花池的围栏。群芳：各种花草。

绮陌：风景美丽的郊野道路。敛：聚集、不扬起。香尘：芳香之尘，多指女子之步履而起者。雪霁：雪止天晴。

东君：司春之神。用意：着意，留心。

赏析

熙宁五年（1072）初春，苏轼到杭州城东郊外探春后作该词。词的上片写城中早春景色和探春者的心态：槛内群芳尚未吐芽，但墙上的红杏颜色很暗，茂密得好像要倾斜下夹，颇有叶绍翁《游园不值》诗"春色满园关不住，一枝红杏出墙来"的探春神韵。词人捕捉住不同景物的特征，逼真地表现出早春大地温润、花卉拘涩而又生机勃发的情态。以"群芳芽未吐"反衬"墙头红杏"，妙用一"暗"字，衬出杏花之繁盛、秾丽。而"试探春情"，一个"试"字就把探春者的春心欲动的情态惟妙惟肖地传达出来了。下片写城外春色：前村雪止天晴，被尚未露面吐芽的各种红红白白的梅花遮蔽的小路上，香气馥郁，尘土不扬。比起仅有"墙头红杏"的城里，城外春光来得更早，气象更开阔、绮丽。最后两句"料想春光先到处，吹绽梅英"，画龙点睛，把词人追求梅的高贵品格那样一种春心境界升华到了新的高度。

行香子

过七里濑

一叶轻舟，双桨鸿惊。水天清、影湛波平。鱼翻藻鉴，鹭点烟汀。过沙溪急，霜溪冷，月溪明。　　重重似画，曲曲如屏。算当年、虚老严陵。君臣一梦，今古空名。但远山长，云山乱，晓山青。

七里濑：又名七里滩、七里泷，在今浙江省桐庐县城南三十里。钱塘江两岸山峦夹峙，水流湍急，连绵七里，故名七里濑。濑，沙石上流过的急水。

双桨鸿惊：船桨划动使鸿雁惊起。此处比喻船桨划动犹如鸿雁翩翩起舞。湛：清澈。

藻鉴：亦称藻镜，指背面刻有鱼、藻之类纹饰的铜镜，这里比喻像镜子一样平的水面。烟汀：烟雾笼罩的水边平地。

屏：屏风，室内用具，用以挡风或障蔽。此处形容山峦秀美。

严陵：严光，字子陵，东汉人，曾与汉光武帝刘秀同学，并帮助刘秀打天下。刘秀称帝后，他改名隐居。刘秀三次派人才把他召到京师，授谏议大夫，他不肯接受，归隐富春江，终日钓鱼。

君臣：君指刘秀，臣指严光。空名：这里指刘秀称帝和严光垂钓都不过是梦一般的空名而已。

赏析

熙宁六年（1073）二月，苏轼时任杭州通判，曾视察富阳、新城、桐庐等地。一日清晨，词人乘舟富春江，过七里濑作此词。词中对大自然美景的赞叹中，寄寓了因缘自适、看透名利、归真返璞的人生态度，发出了人生如梦的浩叹。上片写水。开头六句描写清澈宁静的江水之美：一叶小舟，荡着双桨，宛如惊飞的鸿雁，飞快地掠过水面。天空碧蓝，水色清明，山色天光，尽入江水，波平如镜。"过沙溪急，霜溪冷，月溪明"三句从不同角度写溪：舟过水浅处，水流湍急，舟行如飞；霜浸溪水，溪水更显清冽，似乎触手可摸；明月朗照，影落溪底，江水明澈。创造出清寒凄美的意境，为下片抒写人生感慨作铺垫。下片写山。开头两句写两岸连山，往纵深看则重重叠叠，如画景；从横列看则曲曲折折，如屏风。中间用东汉初年的严子陵，辅佐刘秀打天下以后，隐居不仕，垂钓富春江上的典故，抒发"君臣一梦，今古空名"的浮生若梦的感慨。末三句感慨只有大自然才是永恒的，只有大自然之美才是永恒的，表现词人否定功名利禄和皈心大自然的思想感情。

蝶恋花

京口得乡书

雨后春容清更丽。只有离人，幽恨终难洗。北固山前三面水，碧琼梳拥青螺髻。　　一纸乡书来万里。问我何年，真个成归计。白首送春拼一醉，东风吹破千行泪。

京口：今江苏镇江。

春容：春天的景物。

幽恨：深恨。此处指郁结于心的乡愁。

北固山：在镇江北，北峰三面临水，形容险要，故称。

碧琼：绿色的美玉，指江水。青螺髻：状似青螺的发髻，喻北固山。

真个：真的，的确。个，助词。归计：回乡的打算。

拼一醉：不顾惜酒量，只求一醉方休。

赏析

熙宁七年（1074）春，苏轼在润州京口得乡书，信中殷勤致意，询问归期，苏轼的思乡之情难以抑制，作此词。词的上片以雨霁后北固山碧水环山的清新秀丽景色反衬思念留居杭州妻子的感情。开篇首句写景"雨后春容清更丽"，白描兼拟人，展现雨后春天的景色犹如二八佳人更加青翠美丽。接着写北固山一带碧水环山的秀丽景色。弧形的江面，仿佛是碧玉梳子，苍翠的山峰

138

好像是美人的发髻。"碧琼梳拥青螺髻"句想象绮丽，比喻生动贴切。以一个"拥"字组合两个喻象，一个镜中美女的形象呼之欲出。此句是对刘禹锡《望洞庭》诗句"遥望洞庭山水翠，白银盘里一青螺"与雍陶《题君山》诗句"疑是水仙梳洗处，一螺青黛镜中心"的点化与出新。下片紧承上片侧重写自己的思乡之情。春已回乡，人不得归。眼前的图画般的美景，勾起了词人无尽的乡愁，在这里词人运用了物我对照乐景衬哀愁的写法，山水虽美，但终不是自己的故乡。

江城子

前瞻马耳九仙山。碧连天，晚云闲。城上高台，真个是超然。莫使匆匆云雨散，今夜里，月婵娟。　　小溪鸥鹭静联拳。去翩翩，点轻烟。人事凄凉，回首便他年。莫忘使君歌笑处，垂柳下，矮槐前。

马耳：山名，在山东诸城西南六十里。九仙山：在诸城南九十里。《苏轼诗集》卷一四《次韵周邠寄雁荡山图二首》之一："二华行看雄陕右，九仙今已压京东。"作者自注："九仙在东武，奇秀不减雁荡也。"

超然：即超然台，旧称北台。南宋张淏《云谷杂记》卷三："按北台在密州之北，因城为台，马耳与常山在其南。东坡为守日，葺而新之，子由因请名之曰超然台。"

联拳：团缩貌。此处指小溪中的鸥鹭安静地聚在一起。

他年：意谓成为过去。使君：作者自指。

赏析

这首词作于熙宁九年（1076）冬天。时苏轼在密州已生活两年，当他即将离官别任时，已对密州的山山水水充满了眷恋之情，因作此词。词中，苏轼通过对环境景物的描写寄寓恋恋不舍之情，又从鸥鹭的聚散兴起写到人事容易改变的不定，生发出无限的悲凉之感，表达了作者对密州的一片深情。上片写作者在傍晚时登上超然台，瞻望城外青山、碧天晚云，再等待冉冉上升的一轮明月，对这座相处了近两年的山城充满了留恋之情。下片描写月下恬静、优美的景色，抒发人生感慨。夜幕慢慢降临，远处的景物已经看不清了，作者回头向溪流间的鸥鹭望去，"小溪鸥鹭静联拳。去翩翩，点轻烟。"这是一组非常优美的意象，这些鸥鹭安静地排立在水中，一个个不慌不忙地慢慢起飞，那如烟一般翩翩飞去的鸥鹭，暗喻自己之离去，触引了作者韶光易逝、人事凄凉的感慨。结尾三句是他发自肺腑的深情的自我叮咛：不要忘记曾经在这里欢歌朗笑的乡土，不要忘记曾经为自己遮阴避日的柳槐，不要忘记人生旅途中偶然留下的雪泥鸿爪。

浣溪沙

徐门石潭谢雨，道上作五首。潭在城东二十里，常与泗水增减清浊相应。

照日深红暖见鱼，连溪绿暗晚藏乌，黄童白叟聚睢盱。　　麋鹿逢人虽未惯，猿猱闻鼓不须呼，归来说与采桑姑。

徐门：一作"徐州"。石潭：在徐州城东二十里。泗水：源出山东，流经徐州入淮河，之后改道流入京杭大运河。

藏乌：有乌鸦栖息。

黄童：黄发儿童。白叟：白发老人。睢盱：喜悦高兴的样子。

麋：鹿类的一种，俗称"四不像"。

猱：猿类的一种。

赏析

元丰元年（1078）春天，徐州大旱，苏轼时任徐州知州，曾率众到城东二十里的石潭求雨。得雨后，他又与百姓同赴石潭谢雨。苏轼在赴徐门石潭谢雨路上写成农村组词《浣溪沙》五首，这是第一首。此词写石潭周围的村野风光和谢雨时的欢快热闹场景。全篇紧扣"谢雨"来写。上片描绘久旱雨后的农村风光，表现词人初来乍到农村的喜悦：红日照彻深潭，水中游鱼活泼，连村树林深绿，乌鸦欢乐啼鸣，谢雨的黄童白叟笑逐颜开。这一切都是久旱得雨后的特定景象，洋溢着词人与村民们的喜雨之情。下片通过描写动物与人群安然相处的情景，表现当地淳朴风俗。鹿在突然之间逢遇如此多的人群顿觉不习惯，有一种惊慌之感，而猿猱却一听到喧天的喜庆鼓声不招自来，极度兴奋，这一对比的描写情趣盎然。以动物的反应间接写出石潭谢雨的欢闹情景，不着一字，而风流自现，可谓神笔。结尾虚写采桑养蚕村姑一笔，以虚衬实，深化喜雨之情，含而不露，耐人寻味。

清 费丹旭　东坡夜游扇页
描绘苏轼遭贬黄州期间，在承天寺与友人张怀民夜游场景。

142

南歌子

雨暗初疑夜，风回忽报晴。淡云斜照著山明，细草软沙溪路，马蹄轻。　　卯酒醒还困，仙村梦不成。蓝桥何处觅云英，只有多情流水伴人行。

细草：尚未长成的草。

卯酒：早晨卯时所饮的酒。

蓝桥何处觅云英：晚唐裴铏《传奇·裴航》载，唐穆宗长庆年间，落第秀才裴航出游后回京途中，遇到仙女樊夫人，从她的赠诗中模糊地了解到另一仙女云英及"神仙窟"蓝桥。后经蓝桥驿附近，巧遇云英，几经周折，终于与云英成婚。其后裴航也得道成仙。这里用典的意图是说，自己没有像裴航那样有遇到红颜知己的好运气。

赏析

元丰二年（1079）四月，苏轼在湖州出行郊游，恰逢春雨阵阵，风雨过后，湖州村郊风物的清新可爱让词人不禁触景生情，写下这首小巧精致的小词。上片首句描写雨后初晴的景象：由于夜来阴雨连绵，时辰到了，不见天明，仍疑是夜；待到一阵春风把阴云吹散，迎来的已是晴朗天气。清风过后天空中朝阳斜照，阳光透过层云把远处的山峰也照亮了。"细草软沙溪路、马蹄轻"这一句写得清新轻快，"细""软""轻"三字，既是状景，又融入了内心感受。下片借传奇故事而抒情，寓意深远。"卯酒醒还困"一句，写作者早晨饮酒，仍感困倦，非因路途劳顿，而是夜间寻仙梦境使然。"蓝桥何处觅云英"这一问句，借用唐代裴航遇仙女云英之典故,词中所谓"仙村",即指蓝桥而言;所谓"梦不成"者,谓神仙飘渺不可求,故有"何处觅云英"之感叹。词人自我揶揄未能像裴航那样交上桃花好运,却有多情流水伴他行走于美好风物中,从而显露出词人风流潇洒的性情,增添了词的情趣韵味。

南歌子

湖州作

山雨潇潇过,溪桥浏浏清。小园幽榭枕蘋汀。门外月华如水彩舟横。　　苕岸霜花尽,江湖雪阵平。两山遥指海门青,回首水云何处觅孤城。

浏浏:水流清澈貌。

小园幽榭枕蘋汀:小园中幽静的亭榭枕卧在漂满水草的小洲上。榭,筑在台上的敞屋。汀,水中小洲。

苕岸:苕溪岸边。苕溪发源于天目山,流经湖州汇入太湖。
霜花:指苕花盛开时白如霜雪。苕花,即芦花。

"两山"句:钱塘江两岸有山峰对起,称作海门。

孤城:指湖州。

赏析

元丰二年(1079)五月,苏轼在湖州任知州作此词。词描写小园景致和苕岸风光,清新雅致,别具一格,读来饶有意趣。上片先从雨后小园景色入手:雨才刚刚下过,碧天如洗、沁人心脾。小园中清溪流淌,令人神往。园中的亭榭横枕在水面之上,亭下水草丰茂。月光倒映在水面之上,彩舟缓缓行进在水中。一幅雨后富春风景图被勾勒出来了。下片继续写景，由近及远，视野来到了苕溪岸边、钱塘江上。词人的心绪随着门外的彩舟漂浮到苕溪岸边，两岸洁白如霜的苕花自在飞舞、落在水中，彩舟驶入钱塘江后，钱塘上巨浪不在，取而代之的是如雪的浪花平缓地推着彩舟前进，钱塘海门两岸的山峰遥相对峙，一派青色，此时回头遥望，已是云水苍茫，再也难见到苕溪旁这座孤城了。

南乡子

春情

晚景落琼杯，照眼云山翠作堆。认得岷峨春雪浪，初来，万顷蒲萄涨渌醅。　　春雨暗阳台，乱洒歌楼湿粉腮。一阵东风来卷地，吹回，落照江天一半开。

晚景：指夕阳之景。琼杯：玉杯。照眼：映入眼中。翠作堆：谓青翠的云山如同堆起一般，形容绿色之盛。

岷峨：四川境内岷山山脉北支，峨眉山傍其南。而眉山距峨眉甚近，故作者常以之代指家乡。春雪浪：指岷峨奔流的江水腾起巨浪，宛如雪堆翻滚。蒲萄：葡萄。渌醅：美酒。此处与"蒲萄"均喻江水澄澈碧绿。

阳台：地名，传说在四川巫山。宋玉《高唐赋》："妾在巫山之阳，高丘之岨，旦为朝云，暮为行雨。朝朝暮暮，阳台之下。"后以"阳台"指男女欢会之所。此指歌妓所处之所，亦即下句之歌楼。粉腮：歌女的香腮。

吹回：指风吹雨散。落照：落日之光。意谓江上的天空一半已经放晴，露出了阳光。

赏析

　　这首词作于元丰四年（1081），一题为"黄州临皋亭作"。苏轼曾在《与上官彝三首》中写道："所居临大江，望武昌诸山咫尺，时复叶舟纵游其间，风雨雪月，阴晴早暮、状态千万。"又在《临皋闲题》中写道："临皋亭下八十数步便是大江，其半是峨嵋雪水，吾饮食沐浴皆取焉。"面对临皋亭开阔壮丽的景色，滔滔不绝的江水，苏轼触景生情，写下了这首《南乡子》。上片写词人在临皋亭上看到的黄昏景致：端起玉杯，只见落日斜照，青翠的云山倒映酒杯中，把一杯玉液都染绿了。由倒影看到了天空，由酒的颜色而写到江水，由江水而想到岷峨，最后居然认为江水就是酒，仿佛这个小小的酒杯可以盛下整个世界。如此独特的空间意识，正是苏轼旷达胸怀的表现。下片由静景转向描写动景，写春雨骤降骤停，更为满江春水增添了新的情调。春雨来势迅疾，而来不及防避，打湿了未及躲避的美人的粉腮。既有琼杯美酒，又有美人粉腮，这场雨似乎扰乱了欢宴，真不是时候。但是，忽然有一阵东风卷地而来，吹散了云雨，落日的余晖从云缝中斜射出来，把半边天染红，碧绿的江水也被染红了一半，景色奇丽，更胜于前。

阮郎归

初夏

　　绿槐高柳咽新蝉，薰风初入弦。碧纱窗下水沉烟，棋声惊昼眠。　　微雨过，小荷翻，榴花开欲然。玉盆纤手弄清泉，琼珠碎却圆。

新蝉：指初夏刚刚开始学习鸣叫的幼蝉发出呜咽的叫声。

薰风：南风，和暖的风，指初夏时的东南风。

水沉烟：沉水香燃烧的烟气。水沉，木质香料，又名沉水香。

棋声惊昼眠：窗外下棋的声音惊醒了午睡的少女。

然：同"燃"，形容花红如火。

玉盆：指荷叶。纤手：女性娇小柔嫩的手。

琼珠：形容水的泡沫。

赏析

　　这首词作于元丰七年（1084）四月，当时苏轼刚刚调离黄州。此词表现初夏时节女子的闺阁生活。上片写静美。初夏已悄悄来到这个少女的身边，从听觉入手，以声响状环境之寂，组成一幅幽美宁静的初夏图：窗外绿槐阴阴，高高的柳树随风轻动，蝉鸣声戛然而止，和风将初夏的清凉吹入屋内。绿色的纱窗下，沉水香的淡淡芬芳随风飘散；少女惬意的昼眠，忽而被落棋之声惊醒。下片写动美。这个少女梦醒来以后，尽情地领略和享受初夏时节的自然风光：雨后的小荷，随清风翻转，石榴花衬着湿润的绿叶，愈见得红丽如燃。美丽的少女正在清池边舀水嬉耍，清澈的泉水溅起就像晶莹的珍珠，一会儿破碎一会儿又圆。从视觉落笔，用一幅幅无声画来展示大自然的生机，营造出一种清丽欢快的情调，显得淡雅清新而又富于生活情趣。在苏轼之前，写女性的闺情词，总离不开相思、孤闷、疏慵、倦怠、种种弱质愁情。而此词中的少女形象，与一般闺情词中疏慵倦怠、孤闷愁苦的女性形象截然不同，充满了美好清新的勃勃生机和青春气息，给人以耳目一新的感觉。

浣溪沙

元丰七年十二月二十四日，从泗州刘倩叔游南山。

　　细雨斜风作小寒，淡烟疏柳媚晴滩。入淮清洛渐漫漫。　　雪沫乳花浮午盏，蓼茸蒿笋试春盘。人间有味是清欢。

　　刘倩叔：名士彦，泗州人，生平不详。南山：在泗州东南，景色清旷，宋米芾称为淮北第一山。

　　细雨斜风：唐韦庄《题貂黄岭官军》："斜风细雨江亭上，尽日凭栏忆楚乡。"

　　媚：美好。此处是使动用法。滩：十里滩，在南山附近。

　　洛：洛涧，源出安徽定远西北，北至怀远入淮河。漫漫：水势浩大。此处指清澈的洛涧流入淮水，一派浩渺。

　　"雪沫"句：谓午间喝茶。雪沫乳花：形容煎茶时上浮的白泡。宋人以将茶泡制成白色为贵，所谓"茶与墨正相反，茶欲白，墨欲黑"（宋赵德麟《侯鲭录》卷四记司马光语）。午盏，指午茶。

　　蓼茸：蓼菜嫩芽。一作"蓼芽"。春盘：旧俗，立春时用蔬菜水果、糕饼等装盘馈赠亲友。

赏析

　　元丰七年（1084）冬十二月，苏轼在赴汝州途中经过泗州，与友人同游南山时作此词。南山的山势并不雄奇，山里的景致也不绚丽。斜风细雨，何处没有？淡烟疏柳，不过尔尔。清洛漫漫，怎敌万里长江，惊涛拍岸？但苏轼娓娓道来，用平凡无奇的风景，道出"人间有味是清欢"的人生真谛。上片写沿途景观，从早上写到中午，从细雨写到天晴，从近景写到远景，层次清晰，笔笔

苏文忠公笠屐圖

江阴伊念曾题

大云余集又髙

清 余集 苏文忠公笠屐图

都捕捉住冬末春初乍暖还寒、景物生机勃勃的特征，造语清新、状景生动。第一句写清晨风斜雨细、瑟瑟寒侵，以"作小寒"三字出之，表现一种不在乎的态度。第二句写晌午的景物：雨脚渐收，烟云淡荡，河滩疏柳，尽沐晴晖。一个"媚"字极富动感地传出作者喜悦的心声。下片写词人与友人游山时以清茶野餐的风味。浮着白色乳花的香茶一瓯和翡翠般的春蔬一盘，色彩鲜丽，相互映衬，透出浓郁的节令气氛，也透出词人的清雅意趣与欢快心情，并自然生发出结句"人间有味是清欢"，点出了这首词的中心所在，同时也是词人在哲理性思考后得出的人生答案：人间生活有百般滋味，然而最后有滋味的，却是这茫茫人生中的几点清欢。酸甜苦辣咸都是味，但最让人回味不已的是清淡的味道。这首词充满春天的气息，洋溢着生命的活力，反映了词人虽然身处逆境，但是对现实生活中的美好事物仍然保持着无限的热爱。

减字木兰花

钱塘西湖有诗僧清顺，所居藏春坞，门前有二古松，各有凌霄花络其上，顺常昼卧其下。时余为郡，一日屏骑从过之，松风骚然，顺指落花求韵，余为赋此。

双龙对起，白甲苍髯烟雨里。疏影微香，下有幽人昼梦长。　湖风清软，双鹊飞来争噪晚。翠飐红轻，时下凌霄百尺英。

清顺：《咸淳临安志》卷七十："钱塘西湖旧多好事僧，往往喜作诗。其最知名者，熙宁间有清顺、可久二人。顺字怡然，久字逸老，所居皆湖山胜处，而清约介静，不妄与人交，无大故不至城，士大夫多往就见。"

藏春坞：清顺居处的小庭院。中间洼，四边高的地方叫坞。

凌霄花：一名紫葳，夏秋开花，茎有气根，可攀援棚篱。

为郡：指为杭州知州。

屏骑从过之：不带随从人马而独自去拜访他。屏，除去，不用。骑从，骑马跟随的人。过，拜访；上门访问。之，指代僧清顺。

骚然：骚骚作响。

"双龙"二句：写门前二古松的形状与气势。白甲，松皮如鳞甲。苍髯，深绿的松针。

幽人：幽居的隐士，此指清顺。

争噪晚：在夕照中争相鸣叫。

翠飔红轻：形容双鹊跳动引起松叶和凌霄花的颤动。"时下"句：谓时有凌霄花花瓣从高处飘落。

赏析

元祐五年（1090）五月，苏轼过访藏春坞。周紫芝《竹坡诗话》："东坡游西湖僧舍，壁间见小诗云：'竹暗不通日，泉声落如雨。春风自有期，桃李乱深坞。'问谁所作，或告以钱塘僧清顺者，即日求得之，一见甚喜。"词当作与此时。这首词的作意，小序里交代得很清楚。苏轼爱和僧人交往，喜欢谈禅说法，这首词即是应和尚的请求而作，自然透露出禅机。上片写古松，写凌霄，却不着花树一字，全部运实入虚，处处设喻，动静相映，刚柔对比，从而在奇瑰幽雅、有色有香的藏春坞整体画面中，突出清顺和尚闲适独处、无牵无挂的"幽人"形象。下片写湖风，写双鹊，实际仍在写古松，写凌霄，只是由实入虚，着力衬托，以闹显静，化刚为柔，从而在纯任自然、超然物外的藏春坞清空化境中，愈加深化了清顺和尚融入自然、无我无物的"幽人"形象。全词在动与静、声与寂的对比映衬中，表现古松、湖风、凌霄花、喜鹊自由自在的生机趣意，也表现昼梦的清顺和尚整个身心融化在这虚静清空的自然环境之中，全篇隐隐透露出禅机。

蝶恋花

花褪残红青杏小。燕子飞时，绿水人家绕。枝上柳绵吹又少，天涯何处无芳草。　　墙里秋千墙外道。墙外行人，墙里佳人笑。笑渐不闻声渐悄，多情却被无情恼。

花褪残红青杏小：指杏花刚刚凋谢，青色的小杏正在成形。

柳绵：柳絮。吹又少：指暮春时节，柳絮已经寥寥无几。

天涯何处无芳草：指春暖大地，处处长满了芳草。

渐悄：渐渐没有声音。

多情：指旅途行人过分多情。却被：反被。无情：指墙内荡秋千的佳人毫无觉察。

赏析

此词写作年代不详，但有关它的凄美故事却有记载。《宋人轶事汇编》卷十二载，苏轼在惠州，与朝云闲坐。时秋天初至，落木萧萧，凄然有悲秋之意，于是命朝云把酒唱"花褪残红"词，朝云歌喉方啭，泪满衣襟。苏轼问其故，朝云答道："奴所不能歌者'枝上柳绵吹又少，天涯何处无芳草'也。"听罢苏轼翻然笑道："是吾正悲秋，而汝又伤春矣。"不久，朝云抱病而死，苏轼终生不再听此曲。词的上片写春末夏初景象：红花凋谢，青杏初结，紫燕轻飞，绿溪绕舍，柳絮飘扬，芳草无边。在写景中融入词人赏春伤春和惜春的感情。而"枝上""天涯"两句，含义更深。朝云着意在"枝上柳绵吹又少"，触痛了她心灵最脆弱的地方，感受到的是有限的生命即将完结的哀伤。而苏轼更看重"天涯何处无芳草"，体现的是男儿志在四方，不管走到哪里都保持乐观向上的积极人生态度。下片写秋千架上传来佳人柔媚的笑声，搅动了墙外行人绵绵的情思，更增加了旅途的无限惆怅。这幅生动而富有情趣的小景，其深层意蕴是透露出作者对世事无常、命运难以把握的烦恼与感喟。末句"多情却被无情恼"的"情"，绝不仅限于爱情，其内涵是极其丰富的。佳人之"无情"，是因为佳人年轻单纯，无忧无虑，既没有伤春感时，也没有为人生际遇而烦恼。而作者之"多情"，有饱经沧桑之情，有惜春迟暮之情，有感怀身世之情，有思乡之情，有对年轻生命的向往之情，有报效国家之情，等等。全词对人生命运和精神归宿有深入的思考，绝非普通的缘情绮靡之作。

临江仙

惠州改前韵

　　九十日春都过了，贪忙何处追游。三分春色一分愁，雨翻榆荚阵，风转柳花球。　　我与使君皆白首，休夸少年风流。佳人斜倚合江楼，水光都眼净，山色总眉愁。

惠州：州治在今广东惠州。苏轼于绍圣元年（1094）十月被贬往惠州，在惠州住了三年。

154

九十日春：农历正月至三月。

榆荚：榆树果实，初春时先于叶生，状似钱而小，暮春时飘落。此句指雨打榆荚零落。柳花球：柳絮染尘成球。此句指风吹絮球翻滚。

使君：惠州知州詹范。作者在《与徐得之》中称"詹使君，仁厚君子也，极蒙其照管"。按苏轼时年六十岁，又据其《和陶贫士七首》之六："老詹亦白发，相对垂霜蓬。"可知此句为实写。

合江楼：苏轼初至惠州时所居之所，在惠州东门，因东西二江汇合于此得名。

"水光"二句：形容山水之美。王观《卜算子》："水是眼波横，山是眉峰聚。"苏轼《次韵送张山人归彭城》："水洗禅心都眼净，山供诗笔总眉愁。"

赏析

绍圣三年（1096）暮春。苏轼时年六十岁，在惠州贬所宴饮州守詹范，触景生情，有感于仕途之变，作下此词。上片写残春景象，表达惜春伤春情绪。"三分春色一分愁"句，点化运用叶道卿《贺圣朝》"三分春色，二分愁闷，一分风雨"，言春暮人愁，人命危浅。"雨翻榆荚阵"和"风转柳花球"两句形容成熟的榆钱在空中飘落翻起，犹如阵阵春雨洒落；柳絮集结成一堆堆花球在地上滚动，好似春风把它们踢来踢去。是词人对自身遭遇的感叹。下片叹青春不再，人生暗淡。词人此时处境恶劣，心境凄凉，深感自己夕阳黄昏，"我与使君皆白首，休夸年少风流"，我们已是苍颜白发，还谈什么昔日风流。这意味着一代人的结束，惜青春已逝，风流不再。"水光都眼净，山色总眉愁"两句，分别以佳人明净之眼波和含愁黛眉状喻水光山色，人景兼写、相互映衬，把合江楼暮春景色表现得十分生动传神，使全篇神韵尽出。

雪篁清境，雨晴夢草，皆但是荒山大江，修竹古木，与麋鹿同居，亦亦未尝不自得也。二旷然一至此林泉豪逸，书东坡帖一则。

宋 苏轼　答言上人（节录）
描写谪地黄州风光，抒发轻松豪放心境。

卷七

咏物篇：似花还似非花

南乡子

梅花词和杨元素

寒雀满疏篱，争抱寒柯看玉蕤。忽见客来花下坐，惊飞，蹴散芳英落酒卮。　　痛饮又能诗，坐客无毡醉不知。花谢酒阑春到也，离离，一点微酸已著枝。

杨元素：杨绘，字元素，时为杭州知州。苏轼为杭州通判时，与杨元素时常诗词唱和。

柯：树枝。蕤：花茂盛的样子，此处指梅花。

芳英：花瓣。酒卮：酒杯。

坐客无毡：形容清贫的生活。《晋书·吴隐之传》载，吴隐之为官清廉，勤苦同于贫庶，以竹篷为屏风，坐无毡席。此句意谓酒醒之时，连坐无毡席的寒冷都不知道了。

酒阑：饮酒结束时。阑，残尽。

离离：繁盛的样子。

微酸：指梅子。著枝：生于枝上。

赏析

熙宁七年（1074）初春，苏轼时任杭州通判，与知州杨元素时有诗词相唱和。词中通过咏梅、赏梅来记录词人与杨氏共事期间的一段美好生活和两人之间的深厚友谊。上片写寒雀喧枝，以热闹的气氛来渲染早梅所显示的姿态、风韵。岁暮风寒，百花尚无消息，只有梅花缀树，葳蕤如玉。冰雪中熬了一冬的寒雀，值此梅花盛开之际，即知大地即将回春，自有无限喜悦之意。寒梅著花，原是冷寂的，然而此词则不然，别有一番喧闹。下片写文人雅士因梅花而欢聚，衬托出梅花高洁雅致的品质。"痛饮又能诗"

既写宴饮之人的风流豪爽，又暗含梅增雅致所以令酒宴气氛高涨。文人雅士集于一堂，无酒不欢、无诗不雅，因而在酒宴上，宴饮之人竞相豪饮作诗，气氛十分之热烈。乍一看，此句似乎与梅没有多大关系，细细品之，正是因为有梅助兴，才令风流之士酒兴大涨、诗兴大发。"花尽酒阑春到也"，主要写宴饮并非一次两次，而是由花开到花谢间多次举行，由此可见众人雅兴之浓，衬托出梅花的魅力。歇拍二韵重新归结到梅，但寒柯玉蕤，已为满枝青梅所取代。咏梅花而兼及梅子，又不直说梅子而说"一点微酸"，诉之味觉形象，更为清新可人。

水龙吟

赠赵晦之吹笛侍儿

　　楚山修竹如云，异材秀出千林表。龙须半剪，凤膺微涨，玉肌匀绕。木落淮南，雨晴云梦，月明风袅。自中郎不见，桓伊去后，知孤负，秋多少。　　闻道岭南太守，后堂深、绿珠娇小。绮窗学弄，《梁州》初遍，《霓裳》未了。嚼徵含宫，泛商流羽，一声云杪。为使君洗尽，蛮风瘴雨，作《霜天晓》。

赵晦之：赵昶，字晦之，海州（今江苏连云港）人，作此词时，赵知藤州（今广西藤县）。

楚山修竹：古代蕲州（今湖北蕲春）出高竹。修，长。异材：优异之材。林表：林外。

龙须：指制笛前先于良竹首颈处节间留纤枝，剪而束之，谓之龙须。凤膺：凤凰的胸脯，指笛子首节下略粗，如同凤鸟的胸脯。

玉肌：美玉一般的肌肤，指竹子外表光洁。

淮南：淮河以南，指蕲州。云梦：即古代云梦泽。在今湖北天门西。袅：柔和。

中郎：东汉末的蔡邕。曾为中郎将，古代音乐家。桓伊：晋人，喜音乐，善吹笛。

岭南太守：一指闾丘公显，名孝终，苏州人，曾官黄州太守、朝议大夫，又似曾为岭南太守。又指赵晦之。绿珠：西晋石崇歌妓，善吹笛。

绮窗：挂有花纹的丝织品窗帘的窗。弄：演奏。《梁州》：曲名。《霓裳》：指霓裳羽衣舞。

"嚼徵"二句：笛声包含徵调和宫调，又吹起缓和的商调和羽调。嚼、含，指品味笛曲。泛、流，指笛声优美流畅。云杪：形容笛声高亢入云。

使君：一说闾丘公，又一说赵晦之。蛮风瘴雨：岭南的恶劣天气。《霜天晓》：即《霜天晓角》，乐曲名。

赏析

关于这首词的创作年代主要有两说，一说为熙宁七年（1074）五月，苏轼过无锡，至金阊游虎邱寺，与刘述会于虎邱，王晦以斋素祈雨不至，翌日饮于闾丘公显家，席间而作，并有诗，赠懿卿作《水龙吟》。另一说为元丰八年（1085）十月，苏轼赴登州经涟水，时赵晦之从藤州知州任上新归，故顺笔而赠。上片描绘楚山修竹，以竹隐喻人。开篇写笛材之名贵，此笛为楚地盛产上好又美丽的竹子制成，接着用"龙须""凤膺""玉肌"等意象描写笛子质地精良、外形优美。"木落"三句是写这样的好笛子，要等到萧萧木落的淮南秋夜，雨过天晴，云梦一片，皓月当空，清风徐来，才是吹响这支笛子的最佳时节。下片由近及远，忆写吹笛侍儿的吹笛才能。听说岭南太守有一位娇小的爱妾绿珠，藏于深闺之中，凭窗吹笛，她的笛声悠扬回转，上一曲《霓裳》曲还在盘旋，《梁州》大曲中的头一支小曲就已经奏响了。末句用一曲《霜天晓角》收尾，让听众和读者心神达到极美境界。全词围绕"楚山修竹"、竹笛、"吹笛侍儿"，以景起兴，景事融合，由近及远。名为写笛，实为写人；名为借古喻事，实为借事伤今。

雨中花慢

今岁花时深院，尽日东风，轻飏茶烟。但有绿苔芳草，柳絮榆钱。闻道城西，长廊古寺，甲第名园。有国艳带酒，天香染袂，为我留连。　　清明过了，残红无处，对此泪洒尊前。秋向晚、一枝何事，向我依然。高会聊追短景，清商不假余妍。不如留取，十分春态，付与明年。

轻飏茶烟：苏轼初至密州，适逢旱蝗，为了祭司上天，免除旱蝗，素斋累月。此写素斋生活。

甲第名园：豪门贵族的园圃。

"有国艳"二句：既形容牡丹花色香名贵，又暗含两种牡丹花名。"国艳带酒"指绯红色牡丹，今名"醉杨妃"，"天香染袂"指贡黄色牡丹，今名"御黄袍"。

"高会"二句：在酒宴上聊天，一天很快就过去了。听歌姬不断地唱着清雅的短曲，欣赏着那支朝向我的牡丹花（"一枝何事，向我依然"），它虽然落了不少，却依然保持着动人的美。高会，

清　费丹旭　东坡居士像

指古时的酒宴。短景，指冬季日短。清商，一种古乐曲，又指音节短促的短歌。

赏析

熙宁八年（1075）九月，苏轼听说有一枝牡丹偶然开放，他的心不禁为之一动，于是特意置酒会客，共赏名花，并挥笔写下了这首《雨中花慢》。苏轼一生共写过三首《雨中花慢》，都是献给他的爱妾朝云的，这是其中的一首。词上片叙述密州城西的牡丹曾经于春天盛开、而且在他面前"留连"过；下片则说秋晚独有一枝，独自"向我依然"。这"花"虽然专为"我"而绽放，苏轼却不愿采摘，想等它拥有"十分春态"时再说，将采摘之事"付与明年"。这哪里是写花？分明是借花写人，写自己身边的另一种"牡丹"，自己眼中的"天香""国艳"——朝云。朝云于熙宁六年（1073）十一岁时来到苏家，熙宁八年（1075）时已是十三岁，一如杜牧《赠别》所云："娉娉袅袅十三余，豆蔻梢头二月初。"苏轼笔下的"国艳天香"并不专指牡丹，他后来也用这四个字来形容梅花，而梅花又是朝云的化身，词里的"秋向晚、一枝何事，向我依然"的"牡丹花"，便不言自明了。最有意味的是结尾句："不如留取，十分春态，付与明年。"这表明苏轼在是否立即将朝云收房的事情上，表现得极为审慎和隐忍。宋代礼法规定，女孩子十四岁才算成人，方许出嫁；苏轼身为太守，他不愿在个人私生活上给别人留下口实，因此将这事推后一年，于私情、于公理，都不失为明智的决定。

洞仙歌

　　江南腊尽，早梅花开后，分付新春与垂柳。细腰肢、自有入格风流，仍更是、骨体清英雅秀。　　永丰坊那畔，尽日无人，谁见金丝弄晴昼？断肠是飞絮时，绿叶成阴，无个事、一成消瘦。又莫是东风逐君来，便吹散眉间，一点春皱。

　　腊：古代在农历十二月合祭众神叫作腊，因此农历十二月叫腊月。

　　分付：付托，寄意。这里是说梅花把春天托付与柳。

　　格：格调。骨体：骨架躯体。这里用柳树比拟佳人，有独特风韵，骨相清高、雅洁、秀丽。据《本事诗》记载，白居易有妾小蛮，善舞，白氏将其比作杨柳，有"杨柳小蛮腰"之句。

　　永乐坊：地名，在洛阳。尽日：一整天。金丝：比喻柳树的垂条。

　　飞絮：飘飞的像棉絮一般的柳树、芦苇等的种子。一成：宋时口语，指一段时间的推移。

　　春皱：形容像蛾眉般弯弯的柳叶好似含着春愁。

赏析

　　熙宁十年（1077）三月，苏轼在汴京与驸马王诜会于四照亭，王诜侍女倩奴求曲，轼遂作《洞仙歌》《殢人娇》与之。这首词通篇咏柳，借柳喻人，以含蓄委婉的手法和饱含感情的笔调，借婀娜多姿、落寞失时的垂柳，流露了作者对姿丽命蹇、才高数奇的女性深切的同情与赞美，同时也委婉地流出个人怀才不遇的感慨。上片写柳的体态、标格和风度，从柳树体态美进而刻画其品格美。起拍说腊尽梅凋，由冬梅引出春柳，赞美柳的体态标格。柳枝婀娜，别有一种风流，使人想到少女的细腰。进而用"清英秀雅"四字来品评其骨相，写出垂柳的清高、雅洁、秀丽，与浓艳富丽的浮花浪蕊迥然不同。从柳的体态美，进而到柳的品格美。下片转入对柳的不幸遭遇的感叹。换头三句，写垂柳境况清寂、丽姿无主。"断肠"四句，写垂柳的凄苦身世，一到晚春，绿叶虽繁，柳絮飘零，她更将百无聊赖，必然日益瘦削、玉肌消减。煞拍三句，展望前景，愈感茫然。只有东风的吹拂，足可消愁释怨，使蛾眉般的弯弯柳叶，得以应时舒展。这是词人宽慰如柳树一般无人赏怜的美人的开解之言，也是对自己前途的一种态度和信心，虽然自己与不受欣赏的似柳佳人一样寂寞，但一旦有春风一样的慧眼相识，才华终究得以舒展，愁怨终究得以消除。

减字木兰花

花

玉房金蕊，宜在玉人纤手里。淡月朦胧，更有微微弄袖风。　　温香熟美，醉慢云鬟垂两耳。多谢春工，不是花红是玉红。

花：指牡丹花。欧阳修《洛阳牡丹记·花品序》："洛阳人……日某花某花，至牡丹则不名，直曰花，其意谓天下真花独牡丹，其名之著，不假曰牡丹而可知者也。"

玉房：花的子房的美称。金蕊：金色的蕊。

玉人：容貌美丽的少妇。纤手：女子柔细的手。

微微弄袖风：轻轻地拂袖的风。杜牧《长安杂题长句》六首其二："晴云似絮惹低空，紫陌微微弄袖风。"弄，吹动。

"温香"二句：意谓牡丹如温香酣醉的睡美人。醉慢，醉后松弛。云鬟，形容妇女高耸的环形发髻。

春工：春季造化万物之工。

玉红：形容美女白里透红的肤色。

赏析

这首词大约作于元丰元年（1078）春。当时，苏轼到徐州任职，章质夫寄惠《崔徽真》，词人作"玉钗半脱云垂耳"诗以答之。全词，名为写花，实为写人。以花象征着美女，把美女与花揉成一幅春夜睡美人图，成为《续丽人行》的姊妹篇。上片开头两句写花房、花蕊，玉房金蕊，从正面以文彩艳丽的笔法描绘了牡丹花迷人的姿色，只有牡丹才能配得上"玉房金蕊"的称号。牡丹结成一束，恰好地插在美女柔细的手里。"金"花与"玉"人相映成趣，柔花与纤手，构成了美女侧睡拈花图，美丽至极。"淡月朦胧。更有微微弄袖风"特写美女的朦胧美。在如此美妙月色中，漂亮的人和漂亮的花相互衬映，月亮将人和花照得洁白无瑕，花偎依着人的手，享受着微风，烘云托月地写出了花美，人美。下片写美女熟睡美。第一、二句写在柔和的清淡的香气中，美女不知不觉地进入梦乡，那高耸的发髻慢慢地垂到两耳之下了。"温香""熟美""醉"生动描绘了睡美人的妩媚神态。最后一句"多谢春工。不是花红是玉红。"点明题旨，这位朦胧的白中透红肌体的美女，不是花红胜过花红，得"多谢春工"，没有造化万物的春工造花、造月、造风、造美境，哪会有"温香熟美"的睡美人呢！全词短短四十四个字，花即是人，人即是花，人面花光浑融一片。

卜算子

黄州定惠院寓居作

缺月挂疏桐，漏断人初静。时见幽人独往来，缥缈孤鸿影。　惊起却回头，有恨无人省。拣尽寒枝不肯栖，寂寞沙洲冷。

定惠院：一作定慧院、定惠寺。在今湖北省黄冈市东南。苏轼初贬黄州，寓居于此。

漏断：指深夜。漏，指更漏而言，古人计时用的漏壶。

幽人：幽居的人，形容孤雁。

无人省：犹言无人识。省，理解，明白。

拣尽寒枝：隋李元操《鸣雁行》："夕宿寒枝上，朝飞空井旁。"这里词人反用其意。

沙洲：江河中由泥沙淤积而成的陆地。末句一本作"枫落吴江冷"，全用唐人崔信明断句，且上下不接，恐非。

赏析

这首词是苏轼初贬黄州寓居定惠院时所作，大概在元丰三年至五年期间（1080—1082）。词中借月夜孤鸿这一形象托物寓怀，表达词人清高自诩、蔑视流俗的心境。上片首先营造一个幽独孤清的环境，通过残缺之月、疏落孤桐、滴漏断尽，一系列寒冷凄清的意象，构成一幅萧疏、凄冷的寒秋夜景，为幽人、孤鸿的出场作铺垫。下片专写孤鸿。"惊起却回头，有恨无人省"，轻轻的微风，吹动了草丛，惊起了孤鸿，她拍展着翅膀扑扑离开，但又依依不舍地频频回头。在遍地夜色中又有谁能够理解她的苦衷和幽恨呢！这里，词人寥寥几笔便把自己遭受打击、惊魂未定、

167

顾影自怜的形象活脱脱地描绘出来了。结尾两句"拣尽寒枝不肯栖，寂寞沙洲冷"，表现出自己虽遭厄运忧患却不苟合流俗的高风亮节，耐人寻味。时人黄庭坚评此词："语意高妙，似非吃烟火食人语，非胸中有万卷书，笔下无一点尘俗气，孰能至此！"苏轼"以性灵咏物语"，取神题外，意中设境，托物寓人；在对孤鸿和月夜环境背景的描写中，营造一种高旷洒脱、绝去尘俗的境界。

定风波

咏红梅

好睡慵开莫厌迟，自怜冰脸不时宜。偶作小红桃杏色，闲雅，尚余孤瘦雪霜姿。　　休把闲心随物态，何事，酒生微晕沁瑶肌。诗老不知梅格在，吟咏，更看绿叶与青枝。

好睡：《太真外传》记载，"妃子卯醉未醒……醉韵残妆，鬓乱钗横，不能再拜。上皇笑曰：'是岂妃子醉，真海棠睡未足耳。'"红梅微类海棠，因用此事。

孤瘦：孤傲瘦劲。雪霜姿：斗雪凌霜的姿态。

闲心：闲淡的心性。物态：指桃杏娇柔媚人之态。

酒生微晕：脸上因饮酒而产生微微的红晕。沁：渗透。瑶肌：像美玉一样的润泽莹洁肌肤。

诗老：孟郊《看花五首》之二："唯应待诗老，日日殷勤开。"此指石曼卿。梅格：梅的风范。

"更看"句：苏轼《东坡题跋》卷三《评诗人写物》条"若

石曼卿《红梅》诗云：'认桃无绿叶，辨杏有青枝。'此至陋语，盖村学中体也。"黄彻《䂬溪诗话》卷八："曼卿《红梅》云：'认桃无绿叶，辨杏有青枝。'坡谓有村学中体，尝嘲之曰：'诗老不知梅格在，强拈绿叶与青枝。'"

赏析

此词作于元丰五年（1082）。苏轼贬谪黄州期间，因读北宋诗人石延年（曼卿）《红梅》诗，有感而作《红梅》诗三首。其中一首云："怕愁贪睡独开迟，自恐冰容不入时。故作小红桃杏色，尚余孤瘦雪霜姿。寒心未肯随春态，酒晕无端上玉肌。诗老不知梅格在，更看绿叶与青枝。"这首《定风波》即檃括其诗而成。词紧扣红梅既艳如桃杏又冷若冰霜、傲然挺立的独特品格，抒发了自己达观超脱的襟怀和不愿随波逐流的傲骨。上片开篇写美人如花，花如美人，让人分不清是在写花还是在写美人，饶有趣味。一方面传神地刻画了梅花的不流世俗、冰清玉洁，另一方面又写出了梅花那种处境艰难、孤寂寒苦的状态，采用拟人的手法，赋予了梅花以感情和生命。下片首三句继续对红梅进行渲染，仍以美人比拟梅花。虽然作者以美人醉酒生晕来比拟红梅的美好姿态，但也歌颂红梅的本性：心性本就淡雅，如何能随世态转变？末三句补充前文，回到本意，说道，红梅不同于桃杏，岂是因为青枝绿叶的有无？这其实正是苏轼独具慧眼的地方，也是他能够比石延年的诗作高明的地方。

水龙吟

次韵章质夫《杨花》词

似花还似非花，也无人惜从教坠。抛家傍路，思量却是，无情有思。萦损柔肠，困酣娇眼，欲开还闭。梦随风万里，寻郎去处，又还被、莺呼起。　　不恨此花飞尽，恨西园、落红难缀。晓来雨过，遗踪何在，一池萍碎。春色三分，二分尘土，一分流水。细看来，不是杨花，点点是离人泪。

次韵：用原作之韵，并按照原作用韵次序进行创作，称为次韵。
章质夫：章楶，建州浦城（今属福建）人，时任荆湖北路提点刑狱，常与苏轼诗词酬唱。

似花还似非花：柳絮似花但不是花。暗用梁元帝《咏阳云楼檐柳》诗"杨柳非花树"和白居易《花非花》词"花非花，雾非雾"句意。

从教：任凭。坠：飘落。

无情有思：言杨花看似无情，却自有它的愁思。用唐韩愈《晚春》诗："杨花榆荚无才思，唯解漫天作雪飞。"这里反用其意。思，心绪，情思。

"梦随"三句：用唐金昌绪《春怨》诗："打起黄莺儿，莫教枝上啼。啼时惊妾梦，不得到辽西。"这三句是说杨花随风飞转，时住时起，像梦中美人的游魂随风飘荡，要寻觅自己的情人，忽而又被黄莺惊醒一样。

一池萍碎：苏轼自注，"杨花落水为浮萍，验之信然。"这里是指杨花变成一池凌乱的浮萍。

春色：指杨花。这里是说，如果杨花代表春天，那么春光同

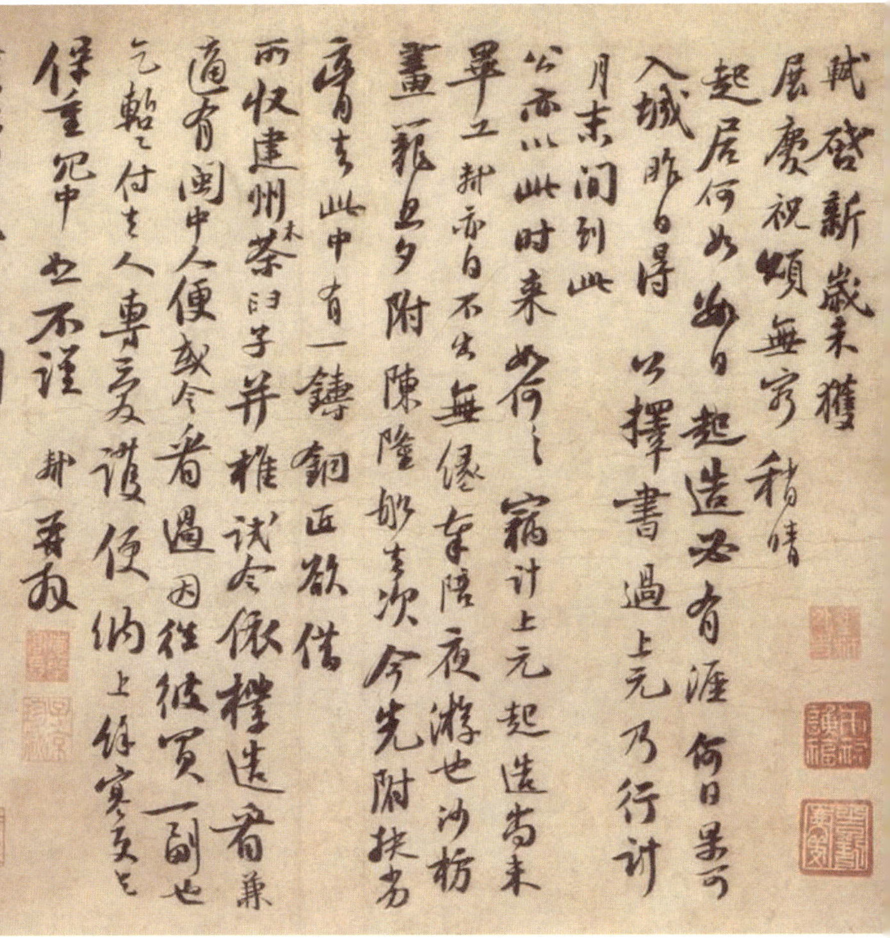

轼启 新岁未获

展庆祝颂 无穷 稍晴

起居何如 眷 起造必有涯 何日果可

入城 昨日得 公择书 过上元乃行计

月末间到此 公亦以此时来如何 窃计上元起造尚未

毕工 却而自不妨 更请 自 夜游也 沙枋

画一 船且 � 附 陈隆 船去次 今先附

齐安 此中有一铸铜匠 欲借

所收建州茶臼子并椎试令 依样 造看兼

适有闽中人便或令 者过 因往彼买 一副也

乞 付 此人 专为 护 便纳上 甚幸甚

保重 冗中 不罪不谨

李常先生文阁下

轼告若亦

正月二日

宋 苏轼　新岁展庆帖

此帖是相约陈慥与公择（李常）同于上元时在黄州相会之事。

171

杨花一样，三分之二已经委身于尘土，三分之一随流水而去。此处化用叶清臣《贺圣朝》词句："三分春色二分愁，更一分风和雨。"

离人泪：化用唐人诗句"君看陌上梅花红，尽是离人眼中血"句意。

赏析

这是苏轼最有名的咏物词，也是宋代咏物词中的经典名篇。词约作于元丰四年（1081），时苏轼谪居黄州第二年。章楶，是苏轼的同僚和好友。他所作《水龙吟·燕忙莺懒芳残》原词："燕忙莺懒芳残，正堤上、杨花飘坠。轻飞乱舞，点画青林，全无才思。闲趁游丝，静临深院，日长门闭。傍珠帘散漫，垂垂欲下，依前被、风扶起。兰帐玉人睡觉，怪春衣、雪沾琼缀。绣床渐满，香球无数，才圆却碎。时见蜂儿，仰黏轻粉，鱼吞池水。望章台路杳，金鞍游荡，有盈盈泪。"苏轼的这一首是次韵之作。苏轼在给章质夫的信中说："《柳花》词妙绝，使来者何以措词。本不敢继作，又思公正柳花飞时出巡按，坐想四子，闭门愁断，故写其意，次韵一首寄去，亦告不以示人也。"对于章质夫的原作与苏轼的和词，有人说二者不可轩轾，而多数人认为苏词胜于章词。从咏物角度看，章词写杨花，用工笔细描杨花的形态，穷形尽态、曲传其妙。苏词将杨花与思妇紧密糅合在一起，句句写杨花又句句写思妇，将咏物拟人打成一片。从抒情角度看，章词只是写闺妇相思之情。苏词既表现思妇青春已逝、情人不归的幽怨，又抒发自己怜春惜春之情，更在词中融入自己宦海浮沉的感慨和对于时事的惆怅，抒情更浓、韵味更长。王国维《人间词话》评云："东坡《水龙吟》咏杨花，和韵而似原唱；章质夫词，原唱而似和韵。才之不可强也如是。"

西江月

真觉赏瑞香二首

公子眼花乱发，老夫鼻观先通。领巾飘下瑞香风，惊起谪仙春梦。　　后土祠中玉蕊，蓬莱殿后鞓红。此花清绝更纤秾，把酒何人心动。

真觉：不详，疑为杭州寺观名。瑞香：花名。

公子：指与苏轼一同赏花的曹辅，字子方。眼花乱发：意谓曹辅被花深深吸引，两眼炯炯发光。

鼻观先通：谓花的香气直通鼻子。

惊起谪仙春梦：把谪仙人李白的春梦都惊醒了。

后土祠：指扬州后土祠。玉蕊：花名。蓬莱殿：北宋汴京皇宫内殿名。鞓红：牡丹之一种。

秾：指花朵纤柔浓丽。

赏析

元祐六年（1091）三月，苏轼时任杭州知州。当时福州路转运判官曹辅（字子方）回京过杭，苏轼陪他游西湖，曾到龙山真觉院赏瑞香。上片写瑞香花的奇香，通过对比渲染烘托，韵趣传神。先从香气刺激人的感官写起，突现出花香之奇特，它不仅袭击得友人曹子方"眼花乱发"，还冲通了词人堵塞的鼻孔，使嗅觉顿时灵敏起来。"惊起谪仙春梦"则更夸张出香气的威力，其想象力之丰富，令人惊叹。下片专写瑞香花的秾艳。牡丹历来被称为花中之王，无与伦比，但瑞香花却可与最名贵的牡丹品种相匹敌。人们都说古扬州后土祠中的玉蕊花极其艳丽，洛阳蓬莱殿后的富贵牡丹"鞓红"举世无双，但是，"此花清绝更纤秾"，瑞香花的"清绝"和它的纤柔秾艳，却都超过了"玉蕊"和"鞓红"。最后由花过渡到人，暗喻出词人和友人曹子方的才华，都像瑞香花一般灵草异芳，俟时乃出。词人并没有具体描写瑞香花的芳姿，甚至连花的颜色、高矮、形状都没有具体写，词人采用的是避实就虚的写法，把本该十分具体的瑞香花描述得似有还无，它所有的芬芳、美艳、纤秾，都只从人的感受中映衬出来，可谓得其神韵。

占春芳

红杏了，夭桃尽，独自占春芳。不比人间兰麝，自然透骨生香。　　对酒莫相忘。似佳人兼合明光。只忧长笛吹花落，除是宁王。

夭桃尽：娇艳的桃花凋谢了。《诗经·周南·桃夭》："桃之夭夭，灼灼其华。"

独自占春芳：雪白的梨花独自占尽春光。

兰麝：兰草与麝香，大自然生成的兰草香和人工制成的麝香。两者都说的是妇女所佩饰物上散发出的香气。

兼合明光：占尽酒和花般的酴醾的香艳。梨花以颜色似酴醾，故名。《春渚纪闻》卷六云："又不知'兼合明光'是何等事。或云：是酴醾也。"

"只忧"二句：只担心悠扬的笛声把梨花吹落了。否则，没有别人，只有那宁王。宁王，谓开国受军之王。《杨太真外传》载："妃子无何，窃宁王紫玉笛吹。张祜诗云：'梨花净院无人见，闲把宁王玉笛吹。'因此又忤旨，放出。"

赏析

《全宋词》录此词,末注:"案此首出《春渚纪闻》卷六,原不著调名。《花草粹编》卷三始以为《占春芳》,殆出杜撰。"此词作年,吴熊和《唐宋词汇评》编元祐五年(1090)或元祐六年(1091)春。词咏梨花,词人以梨花自况,表现心胸如洁白梨花般的旷达情怀。上片,以反衬手法,从视角上写梨花的品格。红杏开过,夭桃谢尽,独占春光者,惟有梨花。以红衬白,个性鲜明。"独"字一用,宛有万花皆离我独笑的孤姿;"占春芳"再无他花,只有此花独为大地占尽春芳,显示其高洁。"不比人间兰麝,自然透骨生香",从嗅觉上和心态上,以反衬之笔,写梨花的自然清香和沁人心脾的魅力,进一步突出了梨花的名贵地位和观赏价值。下片以花喻人,表现自己与友人如梨花般的品格。"对酒莫相忘,似佳人、兼合明光",描写作者和朋友们饮酒赏花,酒花香醉的谐谑情景。"只忧长笛吹花落,除是宁王。"两句,意谓让人留恋的红杏、夭桃最后都凋谢了,梨花啊梨花,你不要因时令之笛吹落,否则,担心的便是开国受命之宁王。很显然,作者以此隐喻着贤明的神宗,能否像宁王那样,不要吹落他这朵"梨花"。

贺 新 郎

乳燕飞华屋,悄无人、桐阴转午,晚凉新浴。手弄生绡白团扇,扇手一时似玉。渐困倚、孤眠清熟。帘外谁来推绣户,枉教人梦断瑶台曲。又却是,风敲竹。 石榴半吐红巾蹙，待浮花、浪蕊都尽，伴君幽独。秾艳一枝细看取，芳心千重似束。又恐被、秋风惊绿。若待得君来向此，花前对酒不忍触。共粉泪，两簌簌。

桐阴转午：梧桐的树阴已经转移，时间已经到了午后。

生绡：未漂煮过的生织物，这里指丝绢。团扇：汉班婕妤《团扇诗》：“新裂齐纨素，鲜洁如霜雪。裁为合欢扇，团团似明月。”后常以喻指佳人薄命失宠。

扇手：白团扇与素手。一时：一并，一齐。这里是说扇子和执扇子的手都洁白如玉。

清熟：谓睡眠安稳沉酣。

风敲竹：唐李益《竹窗闻风寄苗发司空曙》：“开门复动竹，疑是故人来。”

红巾蹙：形容石榴花半开时如红巾皱缩。蹙，皱。

浮花浪蕊：指轻浮斗艳而早谢的桃、李、杏花等。唐韩愈《杏花》：“浮花浪蕊镇长有，才开还落瘴雾中。”幽独：默然独守。

秾艳：色彩艳丽。千重似束：形容石榴花瓣重叠，也指佳人心事重重。

秋风惊绿：指秋风乍起使榴花凋谢，只剩绿叶。

赏析

这首词的编年不详。关于词作的写作意图，词家也众说纷纭。《古今词话》中说，苏轼在杭州任太守时，一次在西湖宴会上，因官妓秀兰迟到，引起了府僚发怒，时榴花盛开，苏轼因作《贺新郎》，令歌以送酒，替秀兰解围。又曾季狸《艇斋诗话》说《贺新郎》是苏轼在杭州万顷寺作，因寺中有榴花树，且是日有歌者昼寝，故有“石榴半吐”“孤眠清熟”之语。再又陈鹄《耆旧续闻》

录陆辰州语，苏轼有妾名朝云、榴花。朝云客死岭南，惟榴花独存，故苏词下阕专说榴花，并有"待浮花浪蕊都尽，伴君幽独"之语。其他说法，还有很多，但绝大多数是附会穿凿的解释。这首词借比兴寄托表达作者政治失意之感，上片通过一系列初夏时的典型景物，引出一位高雅孤寂的美人形象。下片笔锋一转，花人合一，借物咏情，赞美榴花，通过榴花之美衬托美人之美。词人不仅赞美了美人、榴花清雅高洁的品格，抒写了美人、榴花迟暮自怜的情感，而且还将自己的品格和情感也融入其中，通过美人因失时而失意的情怀、缠绵凄恻的儿女之情，表达了自己慷慨郁愤之情。唐圭璋《唐宋词简释》评曰："此首不必为官妓秀兰而作，写情景俱高妙。写花写人，是二实一。"

南歌子

暮春

紫陌寻春去，红尘拂面来。无人不道看花回，惟见石榴新蕊一枝开。　　冰簟堆云髻，金尊滟玉醅。绿阴青子相催，留取红巾千点照池台。

紫陌红尘：帝京道路曰"紫陌"，形容热闹繁华景象曰"红尘"。此处化用刘禹锡《元和十年自朗州至京戏赠看花诸君子》"紫陌红尘拂面来，无人不道看花回"之句。

滟：水满漂浮貌。玉醅：美酒。

绿阴青子：绿叶中正在生长的青色果子。此处化用杜牧《叹花》"自恨寻芳到已迟，往年曾见未开时。如今风摆花狼藉，绿叶成阴子满枝。"比喻少女成长后嫁人生子。

177

赏析

此词不知作于何时，也不知为谁为何而作。《花草粹编》卷五题作"寄意侍妾榴花"。陈鹄《耆旧续闻》卷二载，苏轼有妾朝云、榴花，诗词中多有涉及。又作《南歌子·暮春》云云。意有所属也，或云赠王晋卿侍儿，未知其然否也。这首词有可能是赠给驸马都尉王诜的侍女，但不知是否属实。此词写一女子于暮春时节寻春而春已去，唯见一枝石榴新开。又念绿阴相催，榴花成子，青春难再。一片爱花惜花之心，美人迟暮之意隐然可见。上片前三句化用刘禹锡诗句，写暮春时节，佳人寻春看花归来。这位佳人乘兴寻花于紫陌红尘中，宛如一枝石榴花粲然而绽，翩然而归。下片写归来的佳人莺慵燕懒，一头歪斜在凉席上歇息。然而当主人家（即驸马都尉王诜）设宴时，佳人频频斟上美酒，殷勤待客。于是苏轼半开玩笑半认真地讽劝王驸马：这样美艳而善解人意的尤物，千万不可让她早早成家生子啊！须把她留在身边，即便是等到初秋花谢，留下那片片红英，也可令人陶醉啊！据闻苏轼曾非常喜欢王诜家一个叫春莺的侍女，说不定这首词是为她而作，也未可知。

浣溪沙

咏橘

菊暗荷枯一夜霜，新苞绿叶照林光。竹篱茅舍出青黄。　　香雾噀人惊半破，清泉流齿怯初尝。吴姬三日手犹香。

清 黄慎　东坡玩砚图册

图中绘苏轼手捧石砚摩挲，为明清流行的"东坡玩砚"题材。

菊暗荷枯一夜霜：一夜风霜过后，荷花黯淡，菊花枯萎。

新苞绿叶照林光：橘树上新长出的橘子和橘叶照亮了整个林子。新苞，指新橘。

青黄：指橘子成熟时，果皮由青色逐渐变成金黄色。

香雾噀人：指剥开橘子时其清香气味扑人。噀，喷。半破：指刚刚剥开橘皮。

吴姬：吴地美女，泛指年轻女子。

赏析

此词作于何时历来有不同的说法。一说作于元丰五年（1082）在黄州，又一说作于绍圣元年（1094）在惠州。作者还有一首《食柑》诗作于惠州，其诗云："一双罗帕未分珍，林下先尝愧逐臣。露叶霜枝剪寒碧，金盘玉指破芳辛。清泉薤薤先流齿，香雾霏霏欲噀人。坐客殷勤为收子，千奴一掬奈吾贫。"对比这两首作品内容，诗的五六句与词下片次句类似，词可视为诗的檃括，故有可能是作于同一时期。有学者认为此词歌咏南国女子的香、气、质；也有学者说这是苏轼自赞品格万古流芳。"文似看山不喜平"，词亦忌直露。这首咏物词不直接描写所咏之物，而是采用虚写、烘托的手法"直是言情，非复咏物"。上片描写橘林的景色。秋霜降后，荷花风光不再，菊花也凋谢了，竹篱边、茅舍旁经霜的橘子由青转黄，开始成熟，阳光之下格外润泽。下片用夸张的手法虚写橘子的香和味。刚把橘子剥开一半就闻到了袭人的芳香，初一品尝，橘汁像甘泉在口齿间流淌。少女剥过橘子的手三天之后还有余留的淡淡香气。不咏橘，而橘的色香味可以意会。词人巧妙地以少女的手上尚余的香气侧面烘托了橘子的甘甜馨香，这样的手法比起直接称赞橘子甘美香甜更有意趣。

西江月

梅花

玉骨那愁瘴雾，冰姿自有仙风。海仙时遣探芳丛，倒挂绿毛幺凤。　　素面常嫌粉涴，洗妆不褪唇红。高情已逐晓云空，不与梨花同梦。

玉骨：梅花枝干的美称。唐冯贽《云仙杂记》卷二"袁丰居宅后，有六株梅……（丰）叹曰：'烟姿玉骨，世外佳人，但恨无倾城笑耳。'即使妓秋蟾出比之。"瘴雾：瘴气。南方山林中的湿热之气。

冰姿：淡雅的姿态。仙风：神仙的风致。

海仙：海上的神仙，因惠州在岭南靠海，故云"海仙"。芳丛：丛生的繁花，此处指梅花。

绿毛幺凤：岭南的一种珍禽，似鹦鹉。此处比喻梅枝上倒挂着雏凤般的青梅小果。

"素面"两句：写朝云的天生丽质。涴：沾污，弄脏。唇红：喻红色的梅花。

高情：高隐超然物外之情。"不与"句：不会和梨花同时出现在梦中。苏轼自注："诗人王昌龄，梦中作梅花诗。"

赏析

此词当作于绍圣三年（1096），乃苏轼为悼念死于岭外的侍妾朝云而作。这首词表面上看是歌咏梅花，实则是以梅花的高洁喻爱妾朝云，寄托对朝云的无尽思念。词的上片写梅花的风姿神韵。说梅花生长在南方瘴疠之乡，却不怕瘴气的侵袭，是因为它有冰雪般的肌体、神仙般的风致。"玉骨""冰姿"两句是在喻朝云，朝云确实是因受不了南方的瘴气而病亡，但在苏轼心里，朝云并没有死，她不过是飞升成仙女，她永远都不会再受瘴气的折磨，就如同岭南的梅花一样宛如仙子。下片追写梅花的形貌，回忆朝云在世时的情景。朝云是一个素面朝天的年轻女子，她不喜欢浓妆艳抹，反倒觉得那些刻意的装扮有失天然之美。词人将岭南中间白四周红的梅瓣比作朝云的脸面，不须擦粉而自然雪白，甚至还嫌擦粉会损伤天然的洁白，洗了妆之后，嘴唇上的红不褪色。词作生动地描写了梅花的娇美与脱俗，增一分则媚，减一分则素，恰如其分的美丽姿态如同美人朝云的倾城姿容。末两句"高情已逐晓云空，不与梨花同梦"情绪高涨，词人从梦幻中清醒过来，他最爱的朝云确实离他而去、随云而散。梨花虽然白皙，但它不能在寒冷的冬天绽放，也不可能有梅花的高洁和清雅。朝云永远是词人心中最美最纯的朝云。

卷八

节序篇：灯火钱塘三五夜

浣溪沙

菊节

缥缈危楼紫翠间，良辰乐事古难全。感时怀旧独凄然。　璧月琼枝空夜夜，菊花人貌自年年。不知来岁与谁看。

良辰乐事：谢灵运《拟魏太子邺中集诗八首序》："天下良辰、美景、赏心、乐事，四者难并，今昆弟友朋，二三诸彦，共尽之矣。"

璧月琼枝：玉璧似的明月，玉树的枝条。语本《陈书·后妃传》："璧月夜夜满，琼树朝朝新。"

菊花人貌：中唐戎昱诗"菊花一岁岁相似，人貌一年年不同。"按戎诗当由初唐刘希夷诗"年年岁岁花相似，岁岁年年人不同"两句变化而来。

赏析

此词作于熙宁七年（1074年）九月八日，是苏轼与杨绘（元素）分袂时写下的别情词。苏轼赴密州别杨绘，共作别词六首，这是其一。重阳本是携好友登高望远之时，作者却不得不离开好友远赴密州，惜别之情，感人至深。上片以乐景写愁情别恨。开篇写紫气升腾的青山间隐约可见的高楼，本是神仙洞府般的美景在此处作了饯别宴会的自然背景，在离别时刻感慨时光流逝，回忆同友人共处的往事，独自悲伤。"良辰乐事古难全"以盛会难再来表达对时光不永的凄怆，明显表现出一种衰老的征候。苏轼以壮年之龄，自居其老，可以联系其遭遇分析，他自幼即有的奋励当世之志郁结于心，而仅于地方为官，生活平庸，心态上是颇为不平的，故发出"感时怀旧独凄然"的伤老之叹。下片议论抒情，富于理趣。词人运用有关语典，写对别后岁月的想象。"璧月琼枝"写出美的境界，以"夜夜"形容时间的漫长，由于不能与友人相聚，佳境也无法共赏，故用一个"空"字表达物是人非的深深遗憾。"菊花人貌"句以花开依旧来反衬人貌已非，从而深化了词人的人生感慨：人生无常、佳期难再，富于理趣。

蝶恋花

密州上元

灯火钱塘三五夜，明月如霜，照见人如画。帐底吹笙香吐麝，更无一点尘随马。　　寂寞山城人老也，击鼓吹箫，却入农桑社。火冷灯稀霜露下，昏昏雪意云垂野。

上元：即正月十五日元宵节，也叫上元节，因有观灯之风俗，亦称"灯节"。

钱塘：此处代指杭州城。三五夜：即每月十五日夜，此处指元宵节。

"照见"句：形容杭州城元宵节的繁华、热闹景象。

帐：此处指富贵人家元宵节时在堂前悬挂的帏帐。香吐麝：意谓富贵人家的帐底吹出一阵阵的麝香气。麝，麝香，名贵的香料。

"更无"句：江南杭州气清土润，行马无尘。唐人苏味道《上元》诗："暗尘随马去，明月逐人来。"此处反用之。

山城：此处指密州。

"击鼓"二句：形容密州的元宵节远没有杭州的元宵节热闹，只有在农家社稷时才有鼓箫乐曲。社，农村节日祭祀活动。

"昏昏"句：意谓密州的元宵节十分清冷，不仅没有笙箫，连灯火也没有，只有云垂旷野，雪意浓浓。垂，靠近。

赏析

　　熙宁八年（1075）正月，恰逢元宵佳节，苏轼在密州街上观灯有感而作此词。词的上片回忆杭州的元宵景致。"灯火钱塘三五夜，明月如霜，照见人如画"，由杭州灯月交辉写到花团锦簇的观灯男女；"帐底吹笙香吐麝，更无一点尘随马"，再由音乐和熏香写到环境的明朗和整洁，无处不渲染三五钱塘夜，杭州城的繁华景致，更反衬密州山城的寥落萧索。下片写密州上元的寂寞冷清。"寂寞山城人老也"是一句过片，使情调陡然一转，用"寂寞"二字，将前面"钱塘三五夜"那一片热闹景象全部移来，为密州上元作反衬，形成鲜明的对比，写出了密州上元的寂寞冷清，无须多着一字，便觉清冷萧索。结句"火冷灯稀霜露下，昏昏雪意云垂野"则不但写出了密州气候的寒冷，而且也让人感觉到环境的空旷苍凉。下片由山城的巷空人稀写到农家祭神的箫声鼓声，再由冷落的灯火写到昏暗阴沉的旷野。与上片杭州城的上元相对比，更显密州上元的寂寞冷清。这首词以白描手法勾画了两地不同的上元节，宛如互相比照的两幅风俗画，钱塘的繁闹，正与古朴清寂的山城作了反衬，也隐隐透露了作者初临山城的寂寞心情。

阳关曲

中秋作

　　暮云收尽溢清寒，银汉无声转玉盘。此生此夜不长好，明月明年何处看？

溢：满出。暗寓月色如水之意。

银汉：银河。唐袁晖《七月闺情》："不如银汉女，岁岁鹊成桥。"玉盘：喻月。李白《古朗月行》："小时不识月，呼作白玉盘。"

赏析

熙宁九年（1076）冬，苏轼得到移知河中府的命令，离密州南下。次年春，苏辙自京师往迎，兄弟同赴京师，抵陈桥驿，苏轼奉命改知徐州。四月，苏辙又随兄来徐州任所，住到中秋以后方离去。七年来，兄弟第一次同赏月华，而不再是"千里共蝉娟"。苏辙有《水调歌头》（徐州中秋）记其事，苏轼则写下这首《阳关曲》小词，题为"中秋作"。此词表现了骨肉团聚、佳会难得的愉悦，又抒发了人生会难别易的遗憾与兄弟即将分离的伤感。

上片开端首写月色。夜幕已降临，天上层云收尽，这样的中秋夜里，天地之间充满了微凉的寒意，天上的银河无声地涌动着，皎洁的月亮升入天空，洁白明亮得像玉做的盘子。"溢清寒"三字画出了清寒如水的月光；"银汉无声"暗用李贺"银浦流云学水声"句意，使人感觉银河本来有声，而此刻才静谧无声；"玉盘"喻月，写出了月的圆而大以及冰清玉洁。后两句抒情。词人感慨这一生中，每逢中秋之夜，月光大都被云雾掩盖，很少碰到像今天这样的美景，只可惜这样的美景也不可久留，想想明年的中秋，我又会到何处观赏月色呢？"此生此夜"与"明月明年"作对，"明月"之"明"与"明年"之"明"同字而意异，假借巧妙，叠字唱答，音节优美。"不长好"与"何处看"一为否定语一为疑问语，上下呼应。这两句形成流水对仗，感慨深长、情韵悠悠。

千秋岁

徐州重阳作

浅霜侵绿，发少仍新沐。冠直缝，巾横幅。美人怜我老，玉手簪黄菊。秋露重，真珠满袖沾余馥。　　坐上人如玉，花映花奴肉。蜂蝶乱，飞相逐。明年人纵健，此会应难复。须细看，晚来明月和银烛。

浅霜侵绿：言秋天到来，树叶渐渐变黄。

冠直缝：《礼记·檀弓上》，"古者冠缩缝，今也衡（横）缝。"孔颖达疏："缩，直也。"冠，帽子。巾横幅：以幅葛或缣制成，形如帢，横着头上，古时尊卑公用。详见《晋书·舆服志》。

簪黄菊：古时男子有重阳日头上插菊花的习俗。

人如玉：指宴席上德行高尚的男子。《诗经·秦风·小戎》："言念君子，温其如玉。"朱熹注："温其如玉，美之之词也。"

花映花奴肉：此句赞美少年男子风度翩翩。南卓《羯鼓录》："花奴，汝阳王琎小字也，善羯鼓，明皇极钟爱焉。尝谓内官曰：'速召花奴将羯鼓来，为我解秽。'"花映肉，杜甫《暮秋枉裴道州手札》："忆子初尉永嘉去，红眼白面花映肉。"

"明年"二句：杜甫《九日蓝田崔氏庄》："明年此会知谁健？醉把茱萸仔细看。"

赏析

元丰元年（1078）九月初九重阳节，苏轼在徐州作此词。上片写重阳佳节宴席前的准备。又是一年重阳节，秋霜侵袭绿叶，词人头上的白发也渐渐生长出来。头发虽然少了，但还是坚持沐浴、簪菊。词人戴冠穿巾，佳人怜惜他年岁大，纤纤玉手帮他插戴菊花。秋天的露气很重,袖口上还留有菊花的余香。"冠直缝",冠是帽子,直缝是一种缝纫方式;"巾"也是古人的一种服饰。"冠直缝,巾横幅"是说穿着古人的服装,以示古雅。下片引用《诗经·秦风·小戎》:"言念君子,温其如玉";"花奴"出自《杨妃外传》,是唐玄宗子李琎的小名。这里用来比喻座上的少年。宴席上的君子温润如玉,少年如花。大家在一起饮酒赏菊,连蜜蜂和蝴蝶也在花丛中飞舞。这样热闹的场景,纵使明年人还在,这种聚会也很难再有了。历经了多次移职(从杭州到密州再到徐州)的苏轼,心存畏惧,正如他在《阳关曲》中写道的一样"此生此夜不长好,明月明年何处看",明年今日,不知人漂泊到哪里去了。还是珍惜眼前,好好饮酒,晚上好好赏月吧!

渔家傲

七夕

皎皎牵牛河汉女,盈盈临水无由语。望断碧云空日暮。无寻处,梦回芳草生春浦。　　鸟散余花纷似雨,汀洲蘋老香风度。明月多情来照户。但揽取,清光长送人归去。

皎皎:光明貌。河汉女:指织女。盈盈:美好貌。《古诗十九首》之十:"迢迢牵牛星,皎皎河汉女……盈盈一水间,脉脉不得语。"此缩用其句。

碧云:青云。江淹《休上人怨别》:"日暮碧云合,佳人殊未来。"

"梦回"句:典出《南史·谢方明传》:"子惠连,年十岁能属文，族兄灵运嘉赏之，云：'每有篇章，对惠连辄得佳语。'尝于永嘉西堂思诗，竟日不就，忽梦见惠连，即得'池塘生春草'，大以为工。常云：'此语有神功，非吾语也。'"这里化用南朝谢灵运"池塘春草"典，抒写思念之情。春浦，春日水边。

"鸟散"句：谢朓《游东田》，"鱼戏新荷动，鸟散余花落。"

汀洲蘋老：洲渚旁的蘋草已经衰老。宋玉《风赋》："夫风起于地，生于青蘋之末。"

清光：指月光，清亮的光辉。揽取：收拢。

赏析

元丰二年（1079）七夕，苏轼在湖州观星有感，作此词。七夕是个富有文化内涵的民间传统节日，七夕坐看牵牛织女星，是民间的习俗。相传，在每年的这个夜晚，是天上织女与牛郎在鹊桥相会之时。这首词上片开篇化用《古诗十九首》其十："迢迢牵牛星，皎皎河汉女""盈盈一水间，脉脉不得语"诗意，把牛郎织女相隔一水却盈盈无语的凄清场景描绘出来，为下文起兴。接下来"望断碧云空日暮"数句，写人间痴男怨女的爱情悲剧。牛郎织女为爱所苦，一年尚且有一日相会之时，而人间的痴男怨女还不如天上的有情人，他们只能遥望碧空，神思遐想，盼望与情人相会，可惜盼到的往往是"无寻处"的心碎结果，相会只能在梦中。过片两句，承上片末"梦回"句，转写眼前景象，以"鸟散余花""汀洲蘋老"之境渲染凄凉孤独处境。然而作者不愿人间情侣饱尝相思之苦，他更希望相爱的男女能够享受爱情的美好，于是他设想了一个美妙的结局：明月似乎被多情的爱侣所感动也显得格外多情，用它皎洁的月光，见证爱侣们的幸福和愉悦，并用清光护送他们双双归去。

菩萨蛮

七夕

风回仙驭云开扇，更阑月坠星河转。枕上梦魂惊，晓檐疏雨零。　　相逢虽草草，长共天难老。终不羡人间，人间日似年。

仙驭：指风伯、云师驾车而来，意即风起云涌，天气发生了变化。此处指天快亮了。云开扇：云彩像扇面一样展开。此处指云散日出。扇，雉尾扇，用以遮挡风尘。

更阑：更残，五更天。阑，所剩无几。星河转：谓银河斜转，表示夜深。杜甫《阁夜》："五更鼓角声悲壮，三峡星河影动摇。"

惊：惊醒，醒过来。疏雨零：傅干《注坡词》："世俗以牛女相会之夕，必有微雨，以明会遇之征。"

草草：匆忙。长共天难老：此情与天同存，不会老死。

人间日似年：人世间的日子难过，过一天就像过一年。这是说明上句牛郎、织女"不羡人间"的理由。

赏析

元丰三年（1080）七月，苏轼继配王闰之来黄州已近两月，是年七夕夜，苏轼登上邻近临皋亭的朝天门城楼，即景生情，作此词，以示夫妻团圆、永不分离的愿望。这首小词立意别致。一般说来，人们写牛郎织女相会，大都对他们不幸的爱情充满同情，感慨他们的爱情来之不易，相会之难，离别之易，感慨所谓的神仙眷侣不如人间的红男绿女那么幸福圆满。此词却一反常态，说人间未必值得羡慕，倒是天界的牛郎织女更值得让人欣羡，虽然他们的相会一年只有一次，并且十分短暂，但是年复一年，从不

明　文徵明　赤壁图卷

间断，不必担心音信断绝，直到永恒，不似人世间的烦恼太多，世情太复杂，度日如年，令人难以忍受。苏轼渴慕天界，厌烦世俗，对待爱情，他也向往牛郎织女那种纯真和永恒的爱情。所谓"相逢虽草草，长共天难老。"就是他对永恒爱情的诠释，纵然一夕相逢，来去匆匆，相会短暂，但是共天久长的仙界的牛郎也好，织女也好，两情久长，岂在朝朝暮暮。苏轼弟子秦观其词《鹊桥仙》："柔情似水，佳期如梦，忍顾鹊桥归路。两情若是久长时，又岂在朝朝暮暮。"唯美地阐释了苏轼这两句。

念奴娇

中秋

凭高眺远，见长空万里，云无留迹。桂魄飞来光射处，冷浸一天秋碧。玉宇琼楼，乘鸾来去，人在清凉国。江山如画，望中烟树历历。　　我醉拍手狂歌，举杯邀月，对影成三客。起舞徘徊风露下，今夕不知何夕。便欲乘风，翻然归去，何用骑鹏翼。水晶宫里，一声吹断横笛。

桂魄：古人称月体为魄，又传月中有桂树，故称。

乘鸾来去：想象月宫里仙人乘鸾自由往来。鸾，传说中凤凰一类的鸟。

清凉国：指月宫。陆龟蒙残句："溪山自是清凉国"。

烟树历历：崔颢《黄鹤楼》"晴川历历汉阳树"。历历，清晰分明。

"举怀"三句：李白《月下独酌》："举杯邀明月，对影成三人……我歌月徘徊，我舞影零乱。""今夕"句：人间的今夕，不知是天上的什么日子。

"便欲"三句：化用《庄子·逍遥游》："有鸟焉，其名为鹏，背若泰山，翼若垂天之云，抟扶摇羊角而上者九万里"。唐李白曾被称为"谪仙人"，谓如神仙谪降人世。苏轼也自比谪仙，故称归去。翻然，飞动的样子。鹏，传说中的大鸟。

水晶宫：这里指月宫。吹断横笛：形容笛声高亢嘹亮。吹断，吹彻的意思。李肇《唐国史补》卷下：李舟以笛遗李牟，"牟吹笛天下第一，月夜泛江，维舟吹之……甚为精壮，山河可裂……及入破，呼吸盘擗，其笛应声粉碎"。李牟，或作李谟。此喻胸中豪气喷薄而出。

赏析

元丰五年（1082）八月十五日，适逢中秋佳节，苏轼在黄州赏月有感，写下此词。这是一首内容奇幻、情感深沉的不朽经典，作者融合神话传说，发挥自己的艺术想象，采用浪漫主义的创作手法，描写登高远望时幻想中月宫美妙的景象，表达徘徊月下时乘长风翻然归去的愿望，充分表现出对精神解脱与身心自由的向往与追求。上片写天国景象。同样是写中秋月，本篇不像《水调歌头》（明月几时有）那样，以把酒问天发端，也不是从问月、飞月、望月、怨月、慰月、舞月中虚写月光，而是从凭高眺远起笔，用虚实结合的笔触正面描绘圆月飞升，清冷的月光浸透了一碧无垠的秋空；在玉宇琼楼中，仙人们乘鸾飞行，月光朗照大地，江山如画，烟树历历。下片写归天意愿。作者写自己举杯邀月，月下起舞，乘风飞升，在水晶般透亮的月宫里吹奏出响彻云霄的笛曲。全篇营造出一个高洁清凉的月宫仙界，并笼罩上美丽迷人的神话色彩，意境瑰丽飘逸。本篇尽管未能如《水调歌头》那样从赏月中引发关于自然宇宙和人生的哲理思考，但仍然能写出作者对自有美好生活的向往，充分表现作者超迈豪逸、旷达客观的个性情怀，堪称咏月经典。

醉蓬莱

余谪居黄，三见重九，每岁与太守徐君猷会于栖霞。今年公将去，乞郡湖南。念此惘然，故作是词。

笑劳生一梦，羁旅三年，又还重九。华发萧萧，对荒园搔首。赖有多情，好饮无事，似古人贤守。岁岁登高，年年落帽，物华依旧。　　此会应须烂醉，仍把紫菊茱萸，细看重嗅。摇落霜风，有手栽双柳。来岁今朝，为我西顾，酹羽觞江口。会与州人，饮公遗爱，一江醇酎。

今年公将去，乞郡湖南：今年徐守将离开黄州，要求到湖南作知州。

惘然：恍惚，忧思的样子。

劳生一梦：《庄子·大宗师》："夫大块载我以形，劳我以生，佚我以老，息我以死。"羁旅三年：指苏轼谪居黄州已三年。

华发：白发。萧萧：稀疏的样子。搔首：《诗经·邶风·静女》："搔首踟蹰。"

"赖有多情"三句：意谓谪居黄州三年，赖有多情贤守徐君猷，爱民不扰，无诉讼事，每岁重九招引无事酒。无事酒，《张仪传》："陈轸曰：'公何好饮也？'犀首曰：'无事也。'曰：'吾请令公厌事可乎？'"

"岁岁登高"三句：谓岁岁重九日与君猷登高、饮酒。落帽，代指宴饮。

摇落霜风：曹丕《燕歌行》："草木摇落露为霜。"

西顾：徐君猷赴任的湖南在黄州之西，故名。酹：饮酒前把酒洒在地上或水上以祭神祝福。羽觞：酒器。

州人：黄州人。饮：喝，这里指享受。遗爱：官员有德政，给后人留下仁爱。醇酎：反复酿造的醇厚老酒。此处意谓长江水如重酿之醇酒，喻君猷遗爱之深长。

赏析

此词作于元丰五年（1082）九月。序言可知：这是一次例行的重九宴饮徐太守于栖霞楼的活动。不同于往常重九宴饮词，是为徐守即将离任赴湘前作的赠别词。上片从三年贬居生活体验着墨，表达对徐守君猷深厚情谊的感谢。词人自嘲劳苦的生涯如一梦醒来，原是留在他乡流浪过三次重九节的人，发白又稀疏，面对荒废的园圃搔首踟蹰。所幸身边有多情重义的徐太守，喜欢饮酒而无诉讼事，好像古代无为而治的贤明太守，邀我年年登高，岁岁宴饮。下片描写痛饮场面，议论抒情。"应须烂醉"说明此次相会宴饮极不平凡，酒逢知己千钟少；"紫菊茱萸"说明此次登高观赏也不一般，应须"细看重嗅"。此处化用杜甫的"明年此会知谁健，醉把茱萸仔细看"（《九日蓝田崔氏庄》），不露痕迹，且把"烂醉"与"茱萸"的内在联系巧妙地糅合起来了。接着酒后吐真言，大发议论，我们友谊天长地久，有"摇落霜风"的物候作证，"有手栽双柳"作证。"来岁"三句，发出深深的祝愿与希冀：明年的今天，我为你移居潇湘，洒酒于江口来一个更大的"烂醉"。最后三句，总写徐守君猷的功绩，也是词的主题概括：我将和黄州人共同享受您留下的恩惠，如饮重酿之醇酒，回味太守遗爱之深长。

西江月

重阳栖霞楼作

　　点点楼头细雨，重重江外平湖。当年戏马会东徐，今日凄凉南浦。　　莫恨黄花未吐，且教红粉相扶。酒阑不必看茱萸，俯仰人间今古。

点点细雨：杜牧《村行》："娉娉垂杨风，点点过塘雨。"

"当年"二句：意谓郡守徐君猷将去黄，乞郡湖南。东徐：即徐州。徐州有重阳节聚会戏马台之俗。南浦：送别的渡口。

黄花：菊花。红粉：歌妓或侍女。唐宋时，太守赴任或离任，都会有官妓或迎或送。

赏析

　　元丰五年（1082）重阳节，苏轼登栖霞楼饮宴宾客，登高赏菊，送别好友徐君猷，特作此词。词上片写别情。开篇两句写景由近及远，站在高楼上细雨点点，远望大江只见平静的湖水波平如镜蔓延向远方。接下用今昔对比手法，交代送别事件："当年戏马会东徐，今日凄凉南浦。"当年和你在热闹的徐州戏马台上相会，今天却要在这凄凉的南浦送别。下片安慰友人。起句说道："莫恨黄花未吐，且教红粉相扶。"不要因为还没看到菊花开放而遗憾难过，就让美丽的官妓搀扶你离去吧。"黄花"是苏轼十分钟情的一个意象，他曾在诗词里多次使用。其《南乡子·重九涵辉楼呈徐君猷》就有"明日黄花蝶也愁"之句。本词写"莫恨黄花未吐"，其意虽与"明日黄花蝶也愁"不同，但其宽慰、旷达之情实则相同。接受今日黄花未吐之现状与遥想明日黄花之将衰的情景，都是为了抚慰好友与自己保有今日重阳平和之心境。

此时的词人已经不似过去那样对离别伤感断肠，历经人世风霜和厄运的苏轼此时已经可以笑对人世间的悲欢离合和仕途上的沉浮进退。人的一生就在俯仰之间，醉酒当歌，及时行乐，这才是把握与朋友短暂相聚的最好办法。末二句翻老杜诗句"明年此会知谁健？醉把茱萸仔细看"，本词则曰："酒阑不必看茱萸，俯仰人间今古。"苏轼反用杜甫诗意，给全词弥漫上一股浓浓的人生虚无之感。

南乡子

宿州上元

千骑试春游，小雨如酥落便收。能使江东归老客，迟留。白酒无声滑泻油。　　飞火乱星球，浅黛横波翠欲流。不似白云乡外冷，温柔。此去淮南第一州。

宿州：宋代州名，治所在今安徽宿县。上元：正月十五元宵节。

小雨如酥：韩愈《早春呈水部张十八员外》："天街小雨润如酥，草色遥看近却无。"

江东归老客：用范蠡弃官归隐典。此处为作者自指。意谓得朝廷圣命，答应他回到常州居住，故自称为"归老客"。迟留：长时间逗留。韩愈《别知赋》："倚郭郛而掩涕，空尽日以迟留。"

白酒：泛称美酒。

飞火乱星球：飞动的烟火中滚动着绣球般的花灯。浅黛横波翠欲流：意谓宿州上元观灯之少女，眉黛倩目、顾盼流波，穿戴如同翠玉般靓丽。

白云乡：神仙居住的地方。《庄子·天地》："乘彼白云，至于帝乡。"温柔：指温柔乡，谓女色迷人之处。

淮南第一州：淮南路十余州郡中最繁华的一州。

赏析

元丰八年（1085）正月，苏轼北行途中在泗州过了元旦，到宿州已是元宵佳节，因作《南乡子·宿州上元》。全词描写宿州百姓欢度元宵的盛况。上片开头两句写宿州人们在节日里雨中春游。潇潇春雨中，人们骑马乘车到郊外观赏春光。"千骑试春游"，极言人马之多，足见宿州人的富庶和逍遥。逢年过节，谁也不甘心待在家里，按捺不住节日的欣喜之情，在这早春时节纷纷骑上马争相出游，场面之热闹，在其他州郡难得一见。"小雨如酥落便收"化用韩愈诗"天街小雨润如酥"，让人想见春雨的绵软细微。上片最后三句写感受：有清润可口的美酒供作者开怀痛饮，此情此景，不禁叫人留连忘返。"江东归老客"，用范蠡弃官归隐的典故以自况，暗含作者厌倦仕途、向往人间清景的情愫。下片写宿州的元宵夜景。作者选取了两个最具代表性的场景，一个是花灯绣球不间断地飞舞；一个是宿州少女艳丽的穿戴打扮，既有物，又有人，两相辉映，把宿州星火灿烂、目不暇接的热闹景象点染到极致。最后三句是抒情。"不似白云乡外冷，温柔"两句，极言宿州上元春日风光佳丽，胜似仙乡，而且比神仙居住的地方还要温煦可人。

鹊桥仙

七夕和苏坚韵

乘槎归去，成都何在，万里江沱汉漾。与君各赋一篇诗，留织女、鸳鸯机上。　　还将旧曲，重赓新韵，须信吾侪天放。人生何处不儿嬉，看乞巧、朱楼彩舫。

乘槎：亦作"乘楂"，乘坐竹筏、木筏。

江沱汉漾：指汉江二水。江沱，即沱江，长江上游支流，在四川省中部，于泸州流入长江。汉漾，即汉水。

织女：织女星。鸳鸯机：织机的美称。

"还将"二句：将苏坚的《鹊桥仙·七夕》和韵再写。旧曲：指苏坚先作的《鹊桥仙·七夕》。重赓：重新继续。

吾侪：我辈。天放：放任自然。《庄子·马蹄》："一而不党，命曰天放。"成玄英疏："直置放任，则物皆自足，故名曰天放也。"意谓我们都是任凭自然而不拘谨的人。所以下句说"儿嬉"。

乞巧：民俗七月初七，妇女结彩楼，穿七孔针，或陈瓜果于庭中以乞巧。朱楼：红楼。彩舫：彩船，乞巧之处。

赏析

苏轼在元祐四年（1089）至元祐六年（1091）任杭州知州。苏坚时为苏轼幕僚，任杭州监税官，已是三年未归。两人羁旅行役的苦闷，客居异乡的愁绪，感同身受。这首词就是苏轼为表达这种强烈的主观感情而写的思乡念远之作，亦为和苏坚《鹊桥仙·七夕》之词。全词可分四层解读。首起三句为第一层，开门见山，直表怀乡思归胸臆。"成都"句，点明归向所至，苏轼故里四川眉山；"万里"句，喟叹路途遥远，迟迟难归。"与君"

两句为第二层，应七夕之景，写赋诗寄情，以解思乡念远愁情。换头三句为第三层，激励友人，不要被愁忧所困，要续作新词，尽情歌咏，让"我辈"与生俱来的放任天性得到伸张。结拍两句为第四层，劝慰共勉，及时行乐。"乞巧楼""朱楼"等楼的作用是专用于七夕乞巧，作者与友人共赏良辰美景。全词洋溢着飘渺浪漫的气息，与神话传说互为载体，演绎着作者缱绻惆怅渴望成仙的情怀，寄托着作者的向往仙界和早日脱离宦海归乡的期冀。

点绛唇

庚午重九再用前韵

不用悲秋，今年身健还高宴。江村海甸，总作空花观。　　尚想横汾，兰菊纷相半。楼船远，白云飞乱，空有年年雁。

庚午重九：元祐五年（1090）九月初九。用前韵：指用《点绛唇·己巳重九和苏坚》一词的韵脚。

江村海甸：分别指江边村落、滨海地区。

空花：即空华。虚幻之花，比喻妄念。

横汾：汉武帝刘彻《秋风辞》："秋风起兮白云飞，草木黄落兮雁南归。兰有秀兮菊有芳，怀佳人兮不能忘。泛楼船兮济汾河，横中流兮扬素波。萧鼓鸣兮发棹歌，欢乐极兮哀情多，少壮几时兮奈老何。"此词的后半阕的"横汾""兰菊""楼船""雁"等，均为汉武帝《秋风辞》所有。"横汾"取"济汾河，横中流"之意。

年年雁：只有大雁还在年复一年地飞。李峤《汾阴行》诗："昔

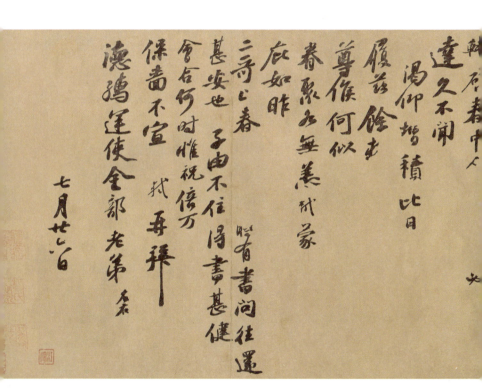

宋 苏轼　春中帖
是写给范纯粹（文学家范仲淹第四子）的信札

时青楼对歌舞，今日黄埃聚荆棘。山川满目泪沾衣，富贵荣华能几时？不见只今汾水上，唯有年年秋雁飞。"此句意感叹汉武帝所说的那些景物都已不见了，唯一能见到的只剩年年不变的飞雁。说明富贵难驻，一切虚幻，"总作空花观"。

赏析

　　苏轼任杭州太守期间，结识了不少新朋友，其中一个叫苏坚，字伯固，任临濮县主簿监杭州城商税。苏轼治理西湖，苏坚出力很大。两人情谊甚笃，唱和颇多。元祐四年（1089）重九苏坚作有《点绛唇》词，苏轼和有《点绛唇·己巳重九和苏坚》，元祐五年（1090）又用元祐四年（1089）韵脚和了这首词。词的上片写重九宴饮时的感想，带有较浓的世界总空、人生如梦色彩。下片联想汉武帝泛楼船、济汾河时所见的秋景，却以"尚想"带起，以"空有"总结，进一步深化"总作空花观"的主旨。文人登高，难免要寄托秋天的情思。"自古逢秋悲寂寥"，悲秋好像成了一种传统。然而苏轼针对这种情绪，表现出对"悲秋"与众不同的看法，一反文人悲秋的传统，唱出了高昂的调子，实在可贵。"不用悲秋，今年身健还高宴。"这一惊人之语，是针对杜甫《蓝田九日崔氏庄》中"老去悲秋强自宽"和"明年此会知谁健"而发的。苏轼同情杜甫的处境，但不同意他悲观失望的情绪。苏轼用自己潜心佛老所获得的不随物悲喜的思想和超脱的人生态度对待生活，在遭受挫折时，不悲观失望；在境遇顺达时，也不沾沾自喜，从而永远保持自己内心的平衡，走过人生中的坑坑坎坎。"总作空花观"是全词的主旨，一切皆虚幻，一切皆妄念。人不能把荣华富贵看得太重，也不能把功名利禄看得太重，人之渺小，犹如尘埃，即使俗世永存，也没有任何东西永远属于任何人。以乐观豁达的人生态度过好每一天，才是智者的选择。

木兰花令

　　元宵似是欢游好，何况公庭民讼少。万家游赏上春台，十里神仙迷海岛。　　平原不似高阳傲，促席雍容陪语笑。坐中有客最多情，不惜玉山拼醉倒。

　　公庭民讼：指百姓到官府告状。

　　"万家"二句：写杭州百姓节日游观的盛大场面。春台：指游览胜地。《老子》第十二章："众人熙熙，如享太牢，如春登台。"海岛：传说中神仙居住的海中三神山，蓬莱、方丈和瀛洲。

　　平原：《史记·平原君列传》载，平原君"喜宾客，宾客盖至者数千人"。这里代指好客的主人。高阳：秦汉之际的郦食其，陈留高阳乡人。其人好读书，家贫落魄，县中呼为狂生。促席：座席靠近。雍容：形容主人待客有礼，态度和蔼。

　　玉山拼醉倒：形容客人的醉态。拼，就是豁出去，毫不顾惜自己的意思。

赏析

　　这首词作于元祐六年（1091）元宵节，写的是元宵赏游。上片四句，描绘元宵佳节杭州市民熙熙和乐的场景。苏轼没有忘记自己身为杭州太守的职责，古代官员，以事简人淳、庭无留讼为最大政绩，而杭州能做到这一点，使苏轼从内心里感到满足。他看到市民百姓纵情游赏，西湖畔十里长的杭州城内，灯火辉煌，到处欢歌笑舞，犹如美丽的海上仙岛，神仙也为之迷恋。面对这样的景象，苏轼决定与民同乐。下片写苏轼与属僚宴乐场面。"平原不似高阳傲，促席雍容陪语笑。"苏轼在人群中间，谦逊质朴，礼敬宾客，平等如兄弟，有如赵国平原君的贤明待宾，而毫无"高阳酒徒"的傲慢。他总是从容温和地靠近群众，和人们满面陪笑地对语谈心，尽情享受着与人民打成一片的乐趣。"坐中有客最多情，不惜玉山拼醉倒"，在欢快的宴席中，顿时出现了一个"最多情"的民客形象，而把欢情霎时推到高潮，可谓笔端生花。而"拼"字尤为传神。这正是太守与群众亲密"鱼水情"关系的典型反映。

浣溪沙

端午

轻汗微微透碧纨，明朝端午浴芳兰。流香涨腻满晴川。　　彩线轻缠红玉臂，小符斜挂绿云鬟。佳人相见一千年。

轻汗：谢惠连《捣衣》诗："微芳起两袖，轻汗染双题。"碧纨：绿色薄绸。

芳兰：芳香的兰花。端午节有浴兰汤的风俗。

流香涨腻：指女子梳洗时，用剩下的香粉胭脂随水流入河中。杜牧《阿房官赋》："渭流涨腻，弃脂水也"。

彩线轻缠：五彩丝线轻轻缠绕。红玉：喻指少女的肤色。《荆楚岁时记》："五月五日……以五彩丝系臂，名曰辟兵，令人不病瘟。"

"小符"句：这句指妇女们在发髻上挂着祛邪驱鬼、保佑平